Med Kamel YAHIAOUI

Les secrets de la bâtisse

Edition : Books on Demand,

12/14 rond-Point des Champs-Elysées, 75008 Paris

Impression : BoD - Books on Demand,

Norderstedt, Allemagne

Distribution : SODIS groupe GALLIMARD, France

Dépôt légal avril 2020, France

ISBN : **9782322209514**

Si l'on savait ce qui se passe dans certains laboratoires de recherches, on s'exilerait vers une autre planète.

L'auteur

I

Dans le désert Californien parmi les innombrables sites touristiques non loin du lieu où se célèbre le fameux festival rock de Desert trip, se trouve un intrigant immeuble nommé « la bâtisse », située à quelques centaines de mètres de la fameuse high Mountain dans le campement de Slab dwelling.

Slab dwelling est un lieu merveilleusement coloré et où vit librement une communauté de nomades d'Américains désargentés, dans un territoire sans réglementation contraignante, dispensés du paiement d'impôts, de taxes ou de loyers.

L'entrée dans la bâtisse est libre et gratuite, mais ressortir de ce lieu était incertain, aux dires des riverains.

Pourtant, rien ne présageait un risque quelconque, car elle inspirait plutôt une quiétude certaine, surtout adossée à la high mountain, dédiée à Jésus Christ, artistiquement peinte, portant sur ses flancs des versets de la Bible et un nom prédestiné protecteur de montagne du Salut.

Ronald et sa petite amie Tracy, un couple de Los Angeles et leur chien Bobby, après avoir assisté au grandiose festival de rock décidèrent de s'y rendre.

Ronald avait achevé ses hautes études informatiques il y a environ trois ans et Tracy celles en biologie à la même date. Ils étaient tous deux férus d'histoire des civilisations anciennes, leur culte ancestral et particulièrement les pratiques ésotériques de ces peuples.

Ils connaissaient déjà, par ouï-dire, la bâtisse où l'on organisait des conférences, faisaient des démonstrations sur les mystérieux dons des anciennes civilisations.

De passage dans la région, ils profitèrent ainsi pour visiter ce lieu réputé dans son genre.

Après une nuit reposante dans un hôtel du village à proximité, ils partirent le lendemain en compagnie du toutou Bobby profitant de lui faire sa promenade matinale, en direction de la fameuse bâtisse.

Arrivés sur les lieux, ils se dirigèrent vers ce qui paraissait être l'entrée principale de la bâtisse.

À hauteur de la porte, le chien Bobby tenu en laisse par Tracy refusa net d'y entrer. Il se mit à aboyer, la queue baissée et tentant désespérément de rebrousser chemin.

Tracy tenta alors de le prendre dans ses bras pour le calmer, mais rien n'y fait, il continua à se débattre comme pour fuir un danger imminent.

Ronald, embarrassé par le comportement du chien, proposa à Tracy de retourner à l'hôtel, y déposer le chien et revenir tranquillement pour continuer leur visite.

Ils rebroussèrent chemin donc vers l'hôtel.

Arrivés à l'hôtel,

– Y a-t-il un service de garde pour les animaux dans votre hôtel, questionna Ronald à l'accueil.

– Bien sûr Monsieur

– Vous souhaitez le faire garder dès maintenant ?

– Oui, juste pour la journée.

Ronald, intrigué par l'attitude du chien à l'entrée de la bâtisse, décrivit en détail, à la fille de l'accueil, ce qui s'était passé, puis,

– Pensez-vous qu'il y a une raison particulière ?

– Oui Monsieur, il y a certainement de quoi, mais je ne saurais vous l'expliquer.

Tracy enchaîna à son tour par une autre question

– Pensez-vous qu'il peut y avoir un danger ?

– Peut-être

– Vous savez, les animaux ont des sens plus développés que les nôtres pour repérer un danger, poursuivit la fille de l'hôtel.

Tracy et Ronald semblaient intrigués par les non-dits de la réceptionniste de l'hôtel.

Au contraire de l'intimidation, ils furent davantage excités pour aller au bout de cette aventure.

Ils marchèrent donc à nouveau vers la bâtisse.

En pénétrant à l'intérieur, rien ne paraissait anormal, un service d'accueil et des brochures çà et là, une salle d'attente communiquant avec des portes autour.

Ils furent invités à remplir un formulaire succinct pour pouvoir les orienter vers la source de leur recherche parmi les deux thèmes proposés :

– Le divin créateur

– Les pouvoirs invisibles

Bon, se disent-ils, le divin créateur est probablement ce dieu qui créa l'homme et la nature et dont ses croyants se chamaillent encore de nos jours pour savoir s'il était chrétien, juif ou musulman. Donc moins intéressant comme thème.

Ronald et Tracy optèrent pour les pouvoirs invisibles, un thème qui était plus près de leur quête de l'inconnu.

Ils remplirent chacun le formulaire à disposition sur la table.

Ronald remit les deux formulaires à l'homme aux allures de messie qui était à l'accueil. L'homme jeta un coup d'œil rapide sur les documents puis lui remit, à son tour, deux autres fiches à signer.

Ronald se retourna vers Tracy, lui remit une des fiches.

Tracy, lue la fiche puis s'exclama :

— Tu ne trouves pas que cette fiche est assez bizarre ?

— On nous demande de signer un document comme quoi nous étions déjà ressortis de cet établissement, alors que nous ne sommes pas entrés encore !

— Tracy, ne t'inquiète pas, c'est probablement une simple raison administrative, répondit Ronald.

– Désolée d'insister Ronald, ce document prouvera que nous sommes déjà ressortis de ce foutu lieu.

—   Comme ça, ils pourront nous kidnapper, hein ?

Ronald essaya de tempérer les craintes de Tracy en y ajoutant un baiser réconfortant sur la joue de sa copine.

Après quelques minutes assis dans la salle d'attente, un autre homme sortit d'une porte adjacente, se dirigea vers l'accueil, récupéra les formulaires puis se dirigea vers le couple.

– Bonjour, Madame, Monsieur, je vous accompagne dans les salles de cours.

– Voulez-vous me suivre SVP ?

Le couple descendit d'un étage, suivant au pas le guide, jusqu'à l'entrée d'un autre bureau au fond d'un long couloir.

Le guide remit les fiches à une secrétaire assise derrière un ordinateur équipé d'une caméra et d'un scanner digital.

Elle invita Ronald et Tracy à s'asseoir à tour de rôle sur la chaise en face de la caméra.

Ronald, l'air interrogatif, s'exécuta en premier :

Un clic de photo suivi de l'insertion de l'index dans le scanner digital pour une empreinte du doigt.

Tracy était visiblement réticente d'autant qu'elle continuait de s'interroger sur la fiche de sortie qu'on lui a déjà fait signer incongrûment.

L'air contrarié, elle regarda longuement Ronald, puis s'asseyait à son tour sur la chaise, en face de la caméra.

La secrétaire guida ensuite le couple dans un bureau contigu, sur la porte, une pancarte rappelle le titre de son occupant « Directeur ».

Un homme au teint mi-amérindien, mi-asiatique, avec une longue barbe et une tête rasée à la Yul Brynner. Il accueillit le couple avec un large sourire, leur serra chaleureusement la main puis les invita à s'asseoir sur les fauteuils dans un coin de son immense bureau.

– Je dois m'assurer de votre réelle motivation pour assister à nos séances, dit-il.

– Ce que vous allez voir et entendre n'a aucun rapport avec notre interprétation du monde moderne.

– Vos modes de raisonnement seront faussés, car la pratique de l'invisibilité par des peuples anciens qui disposaient de pouvoirs sur les êtres et les matières sur cette terre est invraisemblable.

– Il ne s'agit pas là de simples séances de magie ou d'envoûtement, mais de véritables pouvoirs sur les êtres et les choses qui nous viennent d'un autre monde avec des logiques incompréhensibles, impensables pour l'homme moderne que nous sommes.

Tracy, la bouche béante, Ronald manifestement étonné par les révélations de cet homme paisible et bien dans ses baskets.

Ils se regardèrent fixement pendant longtemps comme pour s'interroger sur la continuation ou l'abandon de cette aventure prétendument périlleuse.

La tentation était trop forte pour que Ronald et Tracy renoncent en cours de chemin. Le couple remercia l'homme pour ses avertissements, puis ils lui firent mutuellement signe de leur acceptation.

– C'est une bonne résolution, je vous en félicite.

– Mais avant cela, je souhaiterais vous demander si l'un de vous avait fait des études ou des recherches universitaires sur la génétique, l'informatique ou les sciences religieuses.

– Oui répondirent en chœur Ronald et Tracy.

– Ronald confirme : des recherches informatiques pour moi et biologies pour Tracy.

L'homme nota les informations sur les fiches déposées en évidence sur son bureau puis continua la discussion.

– Bien, je vous explique donc votre programme.

– Les séances se dérouleront sur deux jours successifs, soit aujourd'hui et demain.

– Il sera éminemment intéressant pour vous de participer en premier au programme « Les pouvoirs invisibles » qui se déroulera dans la Salle n° 2, elle se trouve au fond du couloir à gauche.

– Une fois fini, vous rejoindrez la salle n° 4 pour assister à la conférence dédiée à ce thème.

– Le programme du deuxième jour se passera également dans cette salle demain à 14 heures.

– Nous nous reverrons donc à l'issue de vos deux participations.

– Si vous rencontrez un problème quelconque, n'hésitez pas à revenir me voir dans ce même bureau.

Ronald et Tracy arrivèrent devant la salle n° 2, à l'intérieur, une vingtaine de personnes était déjà là. Ils choisirent les places vides du premier rang.

Comme il était d'usage, une journaliste monta sur l'estrade, photographia la salle et les spectateurs puis s'en alla.

Sur l'estrade, il n'y avait qu'une chaise vide.

Soudain apparaît, comme par magie, un homme qui s'assit immédiatement sur la chaise. Il regarda un long moment vers la salle.

Il aperçut un chien sur les jambes d'une spectatrice, le chien lévita au-dessus des jambes de sa maîtresse à environ deux mètres, vola comme un oiseau et se posa au bon milieu de l'estrade.

Le chien éberlué tenta de repartir vers sa maîtresse, rien n'y fait, il était scotché sur le parquet, ses multiples mouvements de pattes pour se libérer furent sans effet.

L'homme redirigea son regard en direction du chien, surgit alors à ses côtés un serpent qui s'enroula autour du malheureux chien.

La maîtresse du chien, épouvantée par le spectacle, craignant le pire pour son animal, se leva précipitamment, contourna les quelques bancs et se dirigea tout droit vers l'estrade.

Elle entama la première marche pour récupérer son chien, l'homme se retourna vers elle, il la stoppa net ; elle tenta vainement d'escalader la seconde marche, elle resta ainsi clouée comme si une force invisible la retenait par-derrière.

L'homme dirigea son regard vers le chien et le serpent. Le serpent se déroula progressivement libérant ainsi le chien, puis se mit comme au garde à vous à côté du chien.

Après un court instant, le serpent haussa sa tête près de la gueule du chien. Le chien se mit alors à lécher la tête et le cou du serpent pendant au moins une minute.

Puis, l'homme et le serpent disparurent subitement, évaporés dans la nature, sans que l'on sache comment ils étaient arrivés, ni par quel miracle ils sont repartis.

Il ne resta que la chaise vide et le chien qui, un peu hébété, courut rejoindre sa maîtresse qui fut libérée entre-temps.

Un silence glaçant régnait dans la salle.

Ronald et Tracy furent abasourdis par ce qu'ils venaient de voir et leur seule certitude du moment était que Bobby, leur chien, avait bien ses raisons d'avoir refusé d'y entrer.

Rien n'expliquait ce à quoi ils venaient d'assister. Ils passèrent en revue toutes les théories de la téléportation, les trucages des pseudo-magiciens et autres adeptes du paranormal.

Rien, de tout ça, conclurent-ils, mais alors, d'où viennent donc ces étranges pouvoirs ?

Au sortir de la salle, un petit groupe de participants s'était formé. Ils avaient tous l'air décontenancés.

– Incroyable, s'exclama Ronald puis,

– Tracy, allons rejoindre le petit groupe là-bas pour s'enquérir de ce qu'ils pensent.

Le couple s'intégra au groupe. Parmi eux, un chaman amérindien, deux ecclésiastiques et un officier de la police de Californie.

Ronald et Tracy se présentèrent à eux, chacun à son tour. Des réflexions s'engagèrent entre les membres du groupe. Chacun avait sa propre interprétation.

Le chaman conclut qu'il y a bien un autre monde et que la démonstration à laquelle nous avions assisté en est la preuve.

Le premier ecclésiastique s'en remit « aux voies impénétrables de Dieu le tout-puissant », une rhétorique habituelle chez les religieux. Le second évoquait, quant à lui, des pouvoirs sataniques.

À part Ronald et Tracy en quête de l'inconnu ou encore l'officier de police qui était présent pour des raisons professionnelles, les autres personnes du groupe étaient vraiment en lien direct avec ce qui semblait être de l'ésotérisme.

L'officier de police, lui, était là pour enquêter sur autre chose.

En effet, nous disait-il, le district de la police voisine avait constaté des disparitions inquiétantes de Slabbers (nomades de la Slab dwelling) qui lui ont été rapportées par quelques membres de cette communauté.

Ces disparitions concernaient particulièrement des hommes et, dans une moindre mesure, des chiens.

Les conclusions des multiples investigations de la police s'orientaient vers deux lieux, dont celui de la bâtisse.

Le second lieu est celui de l'ancienne base militaire de l'armée, mais les entrées de ce sous-terrain qui servait aux exercices de tir des marines ont été solidement obturées par je ne sais qui, car cette zone de non-droit est, en quelque sorte, devenue un No man's land.

L'officier de police s'adressant à Ronald,

— Pensez-vous que les disparus de Slab dwelling peuvent avoir un rapport avec ce que nous venons de voir ?

— Des expérimentations sur des humains ou des sacrifices occultes par exemple ?

Ronald répondit :

— À vrai dire, je ne crois pas, car la démonstration qui nous a été faite en salle ne nécessitait pas des cobayes.

— De surcroît, cette démonstration à propos de l'invisibilité est faussement maquillée en un évènement paranormal.

— Empiriquement, je croirai plus à une technologie élaborée à partir de méta matériaux.

Les portes de la salle de conférences viennent de s'ouvrir à instant. C'était la deuxième étape du programme. Une jolie fille blonde, hôtesse d'accueil de la salle n° 4, fit signe au public de la rejoindre.

– Les conférenciers ne vont pas tarder à arriver, vous pouvez vous installer tranquillement à l'intérieur de la salle, leur dit-elle.

Il y avait beaucoup plus de monde que la précédente séance, les uns s'apprêtaient à pénétrer dans la salle, d'autres y étaient déjà.

Visiblement, l'officier de police avait pris le couple en amitié, il resta en leur compagnie.

Profession oblige, l'officier de police scrutait le moindre indice parmi la foule et se déplaçait par moments pour vérifier s'il y avait d'autres issues, et ce, malgré la méfiance des agents locaux de sécurité qui le pistaient dans ses moindres déplacements.

Ronald partit se renseigner auprès de l'hôtesse s'il y avait un lieu pour se restaurer. Cette dernière le rassura, un buffet offert était prévu à mi-séance.

On se demande d'ailleurs si Ronald était parti voir la charmante hôtesse d'accueil pour le seul motif de se renseigner ou s'il avait une autre idée derrière la tête.

Il était réputé sensible à la beauté des jolies filles et un coureur de jupons invétéré. D'ailleurs, la majorité des disputes avec Tracy avait pour origine son comportement désinvolte qu'elle le lui reprochait inlassablement depuis qu'ils vivent ensemble.

Profitant de cette absence, l'officier de police rejoignit Tracy et entama la discussion avec elle.

– Je m'appelle John WALTER, officier de police fédérale, et vous ?

– Tracy OTHMAN, docteur en biologie

– Enchanté, Mademoiselle

– De même Monsieur. Désolée, je dois téléphoner avant la conférence, dit-elle à John.

Tracy se retira dans un coin pour téléphoner à l'hôtel, s'enquérir du séjour de Bobby son toutou dans la nursery pour chiens.

– Il est docile et heureux comme un prince

– Ne vous inquiétez pas pour lui, nous nous en occupons, vous pouvez rentrer à l'heure que vous voulez.

Quoi de plus rassurant, pour mon toutou se disait Tracy.

Puis la réceptionniste rajouta :

– Vous êtes encore à la bâtisse ?

– Oui

– Pas de problème, tout se passe bien là-bas ?

– Bah oui pourquoi ! répondit Tracy.

La fille de l'hôtel raccrocha son combiné sans rajouter un seul mot excepté un poli « Au revoir madame », laissant Tracy perplexe.

Cette fille m'énerve, rumina-t-elle, comme si un malheur devait forcément nous arriver.

John, l'officier de police continua d'inspecter les lieux, persuadé qu'il y a, quelque part, un passage pour accéder à d'autres structures dans les sous-sols.

En explorant l'esplanade qui desservait les salles de conférences, il vit dans un coin, un monte-charge et un ascenseur adjacent. Il décida de s'y rendre. Quand il arriva sur les lieux, le monte-charge et l'ascenseur étaient équipés d'un système à clés verrouillant leur utilisation. Immédiatement après, arrivèrent à sa hauteur, deux agents de la sécurité l'intimant de rejoindre la salle de conférences.

Par intuition ou analyse, l'officier de police semblait persuader que les disparus de Slab dwelling ne pouvaient être que dans ces lieux.

Une lumière verte clignotait au-dessus de la porte de la salle n° 4. La jeune et jolie hôtesse d'accueil distribuait des flyers à l'entrée. Les maîtres de conférences venaient d'arriver.

Tracy, Ronald et John l'officier de police se retrouvèrent à nouveau devant la porte d'entrée de la conférence, ils entrèrent ensemble et s'asseyaient tous les trois dans les premiers rangs, Tracy, à côté de John comme pour narguer son petit ami Ronald.

Sur l'estrade, un long bureau où siégeaient derrière trois messieurs, deux habillés à l'Occidental et un autre vêtu autrement.

Dans la salle, des auditeurs lisaient le prospectus pour s'informer du contenu de la conférence et des intervenants.

Il est prévu que deux chercheurs tenteront d'élucider les mystérieux phénomènes auxquels nous avions assisté, puis un break pour aller se restaurer dans une salle à côté et enfin, le retour à la salle de conférences pour un libre débat avec les conférenciers.

– Je me présente, Philippe.

– Je suis le coordinateur de cette conférence, nous allons tenter d'élucider les phénomènes extravagants que vous aviez déjà vus dans la salle n° 2.

– Je suis assisté par deux chercheurs scientifiques qui avaient réalisé et réalisent encore des travaux concernant particulièrement ce sujet.

– Pour l'intérêt de la conférence, nous parlerons d'abord de ce que nous apprennent les trois principales religions à propos de pouvoirs invisibles que certains érudits pouvaient décrypter à travers la lecture des livres saints (Torah, Bible et Coran). Nous irons ensuite explorer l'occultisme et surtout le fameux Satan, ce démon qui confère des pouvoirs invraisemblables à ceux qui se détournent de Dieu pour se rallier à lui.

– Les croyants de toute religion, juive, chrétienne ou musulmane trouveront peut-être des réponses pour renforcer ou confirmer davantage leur croyance.

– Les athées auront, quant à eux, une matière à réflexion sur ces présumés pouvoirs inexpliqués.

– Notre mission première est d'explorer ce qui pourrait être à l'origine de ses phénomènes, mais pas de vous convaincre.

– Nous respectons toutes les religions et leur dogme dans une échelle de valeurs identique. Elles ne seront citées au cours de la conférence que dans le cadre exclusif de nos recherches et sans valeur de jugement de l'une par rapport aux autres.

– Je vous remercie et donne donc la parole à mon voisin de gauche pour la suite.

Le premier conférencier prit la parole avec une amusante introduction :

– Je ne porte pas de kippa, ni chapeau, ni turban, ni même le chapeau à plume d'un chaman, car le ciel et les astres me suffisent comme couvre-chef !

– Rassurez-vous, ce n'était qu'une simple introduction pour détendre l'atmosphère tant le sujet est sérieux.

– Je m'appelle Laurent, mes hypothèses seront inspirées des exégèses des religions où ces phénomènes appelés communément le monde invisible sont abondamment relatés.

– Mais bien avant d'aborder cette approche, je souhaiterais vous parler des pouvoirs invisibles qui s'exercent sur nous chaque jour et que nous avions apprivoisés tout au long de notre vie, sans nous poser de quelconques questions.

– Le premier pouvoir est l'état de rêve au sens propre du mot.

– De l'état éveillé, nous basculons dans un autre monde sur lequel nous n'exercions aucune emprise. Nous ressentions, au cours de cette fugue, les mêmes effets que dans le réel, comme la douleur, le soulagement, la joie, la tristesse, la peur, et cætera.Dès notre réveil, comme par enchantement rien de cette vie fugitive ne se concrétise, nous n'étions que de simples acteurs dans ce momentané monde.

– Le second pouvoir est encore plus impliqué dans notre vie quotidienne. C'est cet être d'esprit qui est en permanence présent dans nos têtes, en quelque sorte, un second nous-mêmes. Nous ne l'entendons pas de vive voix, mais il dialogue, en permanence dans notre esprit, s'immisce dans la moindre de nos décisions à la millième de seconde. Il n'est pas matériellement vérifiable et pourtant, nous exécutons à la lettre ses diktats.

– Certes, ces pouvoirs constituent des attributs de cette insondable machine qu'est l'humain, n'empêche c'est surtout leur caractère d'invisibilité qui suscite notre questionnement.

– Les sciences et la philosophie nous ont abreuvés d'une abondante littérature sur le sujet avec de multiples hypothèses.

– Les religieux monothéistes quant à eux, se confinaient dans le sacré et les bouddhistes dans celui de la force de la nature.

– C'est donc parmi ces gens-là que j'avais puisé mes sources pour construire ainsi, la trame de notre conférence d'aujourd'hui.

Un remue-ménage était perceptible dans la salle, soudain un homme leva le doigt et demanda la parole.

Le responsable de la conférence lui fit visuellement comprendre que le débat suivra plus tard.

L'homme insistait et prit la parole à une distance qui la rendait inaudible. Un conférencier lui demanda alors de s'approcher de la scène.

– Je ne pense pas qu'il s'agisse de pouvoirs invisibles ou de monde caché.

– Ce que nous avions vu dans la précédente salle n'est que de l'hypnotisme de spectacle.

– Je suis moi-même hypnotiseur et je peux vous faire une démonstration.

Le responsable de la conférence murmura quelques phrases dans l'oreille de l'intervenant à côté de lui, puis :

– Avec de l'hypnotisme, vous pouvez suggérer l'illusion de voir ou subir telle ou telle scène à un cobaye, faut-il encore qu'il soit consentant ; mais il ne verra jamais les choses ou les actions en réel comme précédemment démontré dans la salle n° 2.

– Pour le dire autrement, vous pourrez suggérer au patient qu'un homme venu de nulle part est assis sur la chaise, il imaginera sa présence, mais il ne le verra pas.

– De même pour le chien qui lévite et survole au-dessus des spectateurs pour monter sur la scène ou encore la présence physique du serpent.

L'hypnotiseur resta méditatif sur le moment alors qu'un autre homme s'agitait dans la salle en demandant à intervenir lui aussi.

Le coordinateur de la conférence lui demanda de se rapprocher devant l'estrade.

– Je pense, qu'au moins pour l'homme, c'est juste de la lévitation, j'ai assisté à des spectacles comme ça ou un illusionniste faisait monter et descendre une femme dans le vide.

Le conférencier ne tarda pas à lui répondre,

– Le tour de l'illusionniste ou du magicien qui suppose faire monter ou descendre dans le vide une femme, en général, n'est autre que de la supercherie réalisée à l'aide d'une table truquée. Le seul pouvoir dont l'illusionniste dispose, c'est son ingéniosité à façonner les outils de trucages comme le spectacle de la femme coupée en deux ou l'on aménage un fond pour que celle-ci puisse se mouvoir dans un seul côté de la caisse.

Une femme cette fois-ci se leva et demanda à prendre la parole :

– Je pense qu'il s'agit, d'un effet de réalité virtuelle améliorée, une séquence filmée et retraitée par un logiciel pour créer les effets spéciaux telle l'apparition de l'homme, du serpent ou encore la lévitation du chien.

– Il doit y avoir une couche dissimulée entre nous les spectateurs, et la scène, servant d'écran un peu comme sur un casque de réalité virtuelle.

Le conférencier répondit,

– Une idée ingénieuse, Madame

– Une couche dissimulée qui servirait d'écran un peu comme celui d'un casque, dites-vous, en quelque sorte un écran invisible

– Nous voilà à nouveau dans le monde invisible sauf qu'il est immédiat celui-ci, n'est-ce pas madame !

– À ma connaissance, un casque de réalité virtuelle ou même une projection d'un film en 3d sur grand écran sont des supports physiquement matérialisés. Nous avions l'illusion d'être dans la scène, mais nous savions parfaitement que ce n'est qu'un film.

– La science moderne n'est pas encore arrivée à une telle prouesse pour rendre un matériel ou un être invisible. Viendra un jour peut-être.

Au moins trois mains levées dans la salle attendaient leur tour.

– Allez, encore un dernier ! Dis le conférencier.

Un homme s'avança vers la scène

– À part le chien, je pense que l'homme et le serpent qui surgirent sur la scène étaient manœuvrés par des fils solides et invisibles un peu comme les marionnettes.

Le conférencier, l'air amusé, répondit

– Vous n'étiez pas tous des myopes dans la salle, à ma connaissance !

Rires dans la salle.

Pour interrompre d'autres questions, le coordinateur enchaîna la suite,

– Bien, ces interventions anticipées ont décalé le déroulement de la conférence ; je vous propose de faire maintenant la pause déjeuner, nous reprendrons dans une demi-heure.

– Un buffet froid est à votre disposition dans la salle n° 1, en sortant à votre droite ; bon appétit Mesdames et Messieurs.

Chez les auditeurs, certains déplorèrent l'interruption précoce de la conférence, d'autres au contraire, s'en réjouissaient.

Parmi les premiers à sortir, Ronald partit en vitesse, se frayant le chemin aux coudes à coudes, prétextant une envie pressante d'aller aux toilettes.

Tracy et John suivirent calmement tout en bavardant ensemble.

Au sortir de la salle, une déception perceptible sur le visage de Tracy : Ronald était en train de faire la cour à l'hôtesse d'accueil qui ne semblait pas être désintéressée puisqu'elle paraissait noter le numéro de téléphone de Ronald sur son portable.

Tracy alla les rejoindre comme pour signifier à sa rivale une chasse gardée.

Tout le monde se retrouva donc dans la salle du buffet froid, les auditeurs, les conférenciers ainsi que le personnel de l'établissement.

Tracy, par vengeance, s'éloigna sciemment de Ronald et répondait par un sourire aguicheur à quiconque la regardait.

John, l'officier de police dédaigna le buffet et partit scruter les locaux à la recherche d'indices. Il se dirigea vers le monte-charge et l'ascenseur mitoyen qu'il soupçonnait de donner accès à d'autres lieux.

Il faisait semblant d'enlacer ses chaussures pour tromper la vigilance des agents de sécurité tout en surveillant les mouvements du monte-charge. Soudain, la porte de l'ascenseur s'ouvrit à l'étage. Il se précipita à l'intérieur, appuya rapidement sur le dernier bouton desservant le quatrième sous-sol. Arrivé à ce dernier sous-sol, il bloqua l'élévateur en mettant une chaussure entre les battants, trifouilla dans le noir pour trouver un interrupteur et l'alluma.

C'était une surface équivalente à celle de l'esplanade des salles de conférences, servant de dépôt où étaient entreposés des cartons contenant d'après les indications, du matériel et des produits de laboratoire.

Une intrigue cependant ; les cartons dissimulaient, derrière eux, quatre portes blindées bien verrouillées.

John s'apprêtait à inspecter les autres sous-sols quand il entendit le monte-charge redescendre. Pour éviter de se faire repérer, il remonta immédiatement dans l'ascenseur, regagna l'esplanade puis la salle du buffet.

Dans la salle, un brouhaha et des bribes de commentaires à peine audibles.

Tracy s'était fait accoster par le directeur, cet imposant personnage par sa carrure et son visage exotique.

Contrairement aux apparences, il s'intéressa davantage à son curriculum vitæ plus qu'à la séduire. Entre autres questions, il lui demanda ce qu'elle pensait personnellement, en tant que biologiste, de la pratique de la transgenèse (manipulation génétique), si elle a eu à la pratiquer dans le cadre de son travail, puis il quitta Tracy en prenant soin de lui remettre sa carte de visite.

Le directeur, continua son bain de foule, serrant la main avec le même sourire courtois.

Ronald était reparti à une nouvelle conquête féminine dans la salle, il mit son dévolu sur une belle convive cette fois-ci. Est-ce par instinct de séduction ou pour provoquer à son tour sa petite amie.

La fille avait l'air enthousiasmée par ce que lui racontait Ronald.

Ils furent tous deux rejoints par le directeur

– Mademoiselle Jennifer et Monsieur Ronald, nos deux érudits de l'informatique réunis.

– Quand une lumière rencontre une autre lumière de quoi parlent-elles ?

– D'informatique évidemment !

Il embrassa Jennifer puis serra la main à Ronald.

– Jennifer est notre championne de l'analyse informatique des données moléculaires et vous Monsieur Ronald ?

Quelle relation entre la bâtisse, censée dispenser des connaissances sur les civilisations anciennes et Jennifer, cette championne de l'analyse moléculaire se dit Ronald !

À vrai dire, il était contrarié par l'arrivée du directeur, l'interrompant dans sa séance de séduction de la belle Jennifer, il répondit néanmoins à la question :

– Je suis doctorant et professeur en sciences numériques à l'université en Californie.

– Je suis également membre d'un think tank à la pointe de la recherche en informatique et nous communiquons nos réflexions dans de multiples domaines à des organismes privés et publics.

Fort intéressant, répondit le directeur, puis :

– Permettez-moi de vous priver un moment de Jennifer, notre jolie collaboratrice ?

Ronald lui exprima son accord tout en faisant un petit clin d'œil à Jennifer. Le directeur se retira à quelques pas de là avec Jennifer. Ils discutèrent un moment ensemble ; est-ce pour des raisons professionnelles ou des suggestions concernant Ronald ? La discussion avait l'air sérieuse en tout cas. Ils retrouvèrent à nouveau Ronald.

Entre-temps, l'hôtesse d'accueil signalait la reprise imminente de la conférence, elle invita les auditeurs à rejoindre la salle n° 4.

Le directeur donna sa carte de visite à Ronald, lequel remit à son tour sa propre carte au directeur, mais à Jennifer aussi, une occasion d'or pour lui transmettre ses coordonnées.

Les auditeurs se dirigèrent progressivement vers la salle de conférences, il ne restait plus que les employés qui s'affairaient à ranger le restant de petits fours et nettoyer la salle du buffet.

II

Dans la salle de conférences, les intervenants étaient là, s'apprêtant à reprendre la conférence.

Ronald, Tracy et John regagnaient les mêmes places de devant. Tracy accablée, boudait carrément son petit ami ; deux infidélités en si peu de temps c'en est de trop, se disait-elle. En réplique, elle se mit à chuchoter ostensiblement quelques phrases dans l'oreille de John qui avait l'air enthousiasmé.

Le conférencier reprit le micro,

– Bien, nous allons donc évoquer les secrets et les pouvoirs supposés contenus dans les livres saints de la Torah, la Bible, le Coran et le corollaire indispensable de ces trois religions, à savoir Satan et ses serviteurs.

– Commençons donc dans l'ordre de la révélation :

– La Tarah, ou plus précisément la kabbale contient des secrets que l'on associe, à tort ou à raison, à de simples rites mystérieux et de pouvoirs irrationnels.

– Rappelons que selon la religion judaïque, Yahvé (Dieu en Hébreux) remit à Moise sur le mont Sinaï, des lois écrites, dont les dix commandements, mais également, par voie orale cette fois-ci, des lois de la kabbale qui devraient être enseignées exclusivement à des sages parmi les sages.

– Par des capacités de décryptage et de permutation des lettres et des chiffres de la Torah, ils sauront ainsi lire et décrire le sens caché de la Torah et les pouvoirs qu'elle confère.

– Une fois, la kabbale décodée, les érudits accéderaient donc à un niveau de connaissance sur le passé de notre monde et son devenir selon les révélations du divin. Ils seraient donc aptes à comprendre le monde passé, et comment, interagir sur le monde actuel et futur.

– Pour le croyant lambda, ces pouvoirs cachés sont un don de Yahvé pour renforcer la croyance en lui comme l'unique créateur et donnaient aux érudits, le pouvoir de prévoir les évènements nuisibles du monde.

– Mais, il y a aussi une autre interprétation qui consiste à dire que ces fameux pouvoirs secrets sont l'œuvre de Lucifer, le chef des démons qui donnerait des pouvoirs illimités à celui qui se détournerait de Dieu et ferait donc alliance avec lui.

– On suppose ainsi que des pouvoirs tirés de la kabbale s'exerçaient ou s'exerceraient encore, dans les hautes sphères du monde politique, économique, financier et même artistique. Pour les uns, favoriser leur réussite personnelle, influencer sur le politique comme supposé le faire la franc-maçonnerie, et enfin pour les autres, devenir les maîtres du monde carrément.

– Pour le reste, la kabbale est synonyme de magie et de talismans pour jeter des sorts, guérir les maladies du cœur (amour) et du corps, ensorceler, attirer la fortune, réaliser des prouesses inimaginables s'exerçant soit grâce aux psaumes de David pour la partie bienfaitrice ou avec le concours de Satan pour la partie maléfique.

– Y a-t-il une formule kabbalistique pour rendre des êtres ou des objets invisibles, la question demeure posée.

– La Bible, tirant ses substances de l'Ancien Testament, les érudits décryptent également les versets de la Bible non pas pour extraire des pouvoirs invisibles, mais surtout pour connaître les prophéties. Dans la Bible, toute forme de magie est interdite, car elle fait appel à une puissance autre que celle de Dieu et de son fils Jésus, mais elle est tout de même pratiquée.

– Le Coran, bien qu'il existe également des codifications mystérieuses dans les versets du Coran elles ne relatent pas le passé ni l'avenir, mais tendent simplement à authentifier le Coran comme émanation d'Allah. C'est par son degré de piété que le musulman acquiert les faveurs d'Allah et peut ainsi demander son aide pour des actions exclusivement bienfaisantes. Les pouvoirs de l'invisibilité n'incombent qu'à Allah, le pratiquant de la magie est considéré comme apostasie, chirk en arabe qui signifie reconnaître un pouvoir à quelqu'un d'autre que Dieu, donc un blasphème suprême dans la religion de l'Islam. La magie est néanmoins pratiquée aussi et surtout celle avec les supposées alliances avec les démons.

– Le Boudhisme, c'est avant tout l'esprit et la force de la nature, les Iddhi sont supposés posséder, des connaissances supra normales qui leur permettent, entre autres, la projection de l'esprit en de multiples images de soi-même, l'invisibilité, le pouvoir de traverser les murs, le pouvoir de voler dans les airs, le pouvoir de maîtriser son corps jusqu'au monde de Brahma.

– Voilà, pour ce qui me concerne, j'ai évoqué la piste supposée provenir des pouvoirs du religieux, mais j'avoue qu'il me faudrait probablement plus que cela, pour être convaincu, car l'expérience à laquelle vous aviez assisté semblait irrationnelle.

Le responsable de la conférence reprit le microphone pour clôturer la conférence.

– Nous sommes donc arrivés à la fin de cette première partie de la conférence, je subodore qu'un grand nombre parmi vous est resté sur sa faim.

– La conférence sur ce thème n'est pas terminée puisqu'il nous reste encore demain une séance de trois heures, suivie de débats des participants avec les conférenciers.

– Demain sera le week-end, je souhaiterais vivement que tout le monde soit à l'heure, c'est-à-dire quatorze heures pile-poil, afin que nous puissions finir le cycle de cette conférence dans les temps.

– Merci à vous tous

Des chuchotements se font entendre alors que les participants quittent progressivement la salle.

Ronald se leva en premier, pour sortir.

Tracy et John tardèrent à se lever ; ils épiloguaient en attendant que la voie soit davantage dégagée.

En sortant de la salle de conférences, Tracy fut alpaguée par l'hôtesse d'accueil qui prit un malin plaisir de lui dire.

– Votre chasse gardée (en parlant de Ronald) est partie rejoindre Jennifer, dans les bureaux au premier étage.

Tracy, à la fois haineuse et spontanée, lui répliqua :

– Et vous n'aviez pas réussi à l'attirer pour vous-même ?

L'hôtesse d'accueil fut ébahie par une telle réponse, elle lui fit signe de désolation comme pour s'excuser.

Tracy connaît bien son petit ami Ronald, c'est un fin tacticien de la séduction et son physique ne laisse pas indifférentes les femmes.

Un vrai dilemme, est-il parti dire au revoir à Jennifer, ingénieur informatique comme lui, qu'il avait rencontré précédemment dans la salle du buffet, ou allait-il la revoir pour fixer un rendez-vous galant.

Méditative, elle décida de repartir à l'hôtel sans sa compagnie. Elle scruta d'abord l'esplanade pour retrouver John, afin de le saluer avant de partir.

En fait, John, l'officier de police toujours en mouvement, avait pressenti cette fois-ci la contrariété de Tracy et pensa probablement pouvoir en tirer avantage en restant dans les parages à proximité.

Il rejoignit Tracy

– Tracy, vous reviendrez demain, j'espère ?

– Oui, sûrement !

John, influencé probablement par son flair de policier, vu l'état contrarié de Tracy, n'osa pas la courtiser, sauf à lui dire :

– Si vous avez besoin de quoi que ce soit, n'hésitez pas à venir me revoir.

– C'est gentil, merci John, répondit Tracy

– Tracy, échangeons nos numéros de téléphone, en attendant de vous revoir demain ?

– Oui, pourquoi pas.

Ils s'échangèrent les numéros de téléphone puis s'embrassèrent avant de se quitter, en ajoutant :

– D'accord, à demain Tracy

– Oui, à demain John !

Tracy traînait un peu les pieds en espérant le retour de Ronald en vain.

Puis elle gravit les escaliers, récupéra la voiture et partit à toute allure en direction de l'hôtel où l'attendait son toutou Bobby, l'un de ses plus fidèles.

Tracy arriva à la réception de l'hôtel

– Bonsoir, alors comment va-t-il mon toutou ?

– Il va très bien, Madame

– Je suis même devenue sa meilleure copine

– Juste une minute, je vais vous le chercher.

À la minute, le toutou déboulait en aboyant et bravant tous les obstacles sur son chemin ; quand il arriva à hauteur de Tracy, il sautillait et la léchouillait en continu au grand bonheur de sa maîtresse.

Tracy décida de faire un petit tour à son chien avant de regagner sa chambre. Intentionnellement, elle se dirigea à l'opposé de la direction de la bâtisse probablement pour ne pas rappeler les mauvais souvenirs à Bobby, son toutou. Elle s'arrêta dans un jardin public non loin de l'hôtel.

D'habitude, les jardins sont des lieux propices pour promener les chiens, curieusement, dans celui-ci, il n'y avait aucun chien, ni en laisse ni en liberté. Le peu de gens présent regardait Tracy et son chien comme une curiosité locale.

Un peu intriguée, Tracy aperçut deux dames assises sur un banc, elle se dirigea vers elles.

– Bonjour Mesdames

– Bonjour Madame, répondirent en chœur les deux dames, puis :

– Ce n'est pas prudent de vous promener avec votre chien ici Madame

– Ah bon et pour quelle raison s'il vous plaît ?

– Vous n'êtes pas d'ici, ça se voit

– Effectivement, je viens de Los Angeles

Après un long silence, Tracy revint à la charge,

– Un beau petit village, quel serait donc le danger pour mon chien ?

Une des dames répondit avec un air de désolation :

– C'est notre environnement qui est malsain madame

– Il se passe des choses, vous savez

Sa collègue lui fit un léger coup de pied comme pour interrompre volontairement la discussion.

Passe alors devant le banc, deux hommes, vacillants par moments, pas très bien vêtus et des têtes ressemblant à des zombis. Un autre homme les suivait dans la même l'allée.

– Ce sont des campeurs de Slab dwelling, dit l'une d'elles.

– Il y a ceux qui se droguent et aussi des cobayes à qui l'on injecte des saloperies par je ne sais qui.

– Tiens, aujourd'hui, il y a même le chasseur de serpents derrière

Que des non-dits, dans ce village, d'abord l'hôtesse de l'hôtel puis maintenant, ces deux dames, s'insurgeait Tracy. Bobby le chien semblait un peu agité pas pour les mêmes raisons que sa maîtresse, mais vraisemblablement pour l'heure de sa gamelle.

Tracy repartit à l'hôtel en s'interrogeant en cours de chemin sur ce que viennent de lui dire les dames du jardin, mais, et surtout, si entre-temps, son petit ami Ronald était rentré à l'hôtel.

Chemin faisant, Tracy fut abordée par un jeune garçon. Une simple tentative de séduction, elle fit un sourire courtois au jeune et continua tranquillement sa route sans être inquiétée.

Arrivé à l'hôtel,

Bobby, Bobby, héla l'hôtesse

Le toutou s'en alla, chez l'hôtesse, sa nounou d'un jour, lui lécha le visage en remuant sa queue puis revint vers sa maîtresse.

Inutile de demander à l'hôtesse si Ronald était rentré, Tracy a aperçu que la clé de leur chambre était encore accrochée au tableau derrière le bureau d'accueil.

Tracy profita de l'ambiance relationnelle, créait par Bobby et saisit cette occasion, pour faire de plus amples connaissances avec l'hôtesse d'accueil de l'hôtel qui connaît pas mal de secrets se disait-elle.

– Je m'appelle Tracy OTHMAN, Bobby vous a adopté comme une seconde maîtresse, je suis un peu jalouse

– Bobby est adorable, il a dû sentir que j'aimais bien les animaux, mais rassurez-vous, c'est vous qu'il aime

– Margaret HONEY, enchantée ; je suis de cette région.

– L'hôtel appartient à mes parents et je leur donne souvent un coup de main.

– J'aurais tant aimé habiter une grande ville comme Los Angeles, la vie doit être géniale là-bas non !

– Oui, c'est vrai, il y a beaucoup de distractions pour les jeunes, mais c'est moins calme qu'ici.

– Tu parles, ce village en plein désert de Californie, ce n'est pas seulement le calme, mais carrément l'agonie

– Margaret, si ça te tente, viens me voir à Los Angeles, je te laisse mes coordonnées.

– C'est très gentil Tracy

– Margaret, je suis encore là pour deux jours, nous nous reverrons donc ?

– D'accord, bonne soirée Tracy.

– Vient Bobby, on monte dans la chambre vite

Tracy regagna sa chambre et c'est là que l'absence de Ronald commençait sérieusement à la tourmenter. Non seulement il n'est pas rentré, il n'a même pas eu la délicatesse de l'appeler. Avait-elle bien agi en l'abandonnant à la bâtisse ? N'avait-elle pas commis la maladresse de le laisser justement à la merci de Jennifer ? Et comment va-t-il pouvoir revenir sans sa voiture ?

Éreintée par tant de questions, elle s'allongea sur le lit. Bobby lui grignotait tranquillement les restes de sa gamelle. Le bruit des croquettes rappela à Tracy son ventre creux. Elle se releva, prit une barre chocolatée et un calmant de son sac puis elle se recoucha.

Impossible de s'endormir, elle gigotait dans tous les sens ressassant les mêmes questions.

À peine un quart d'heure plus tard, son téléphone sonnait, Tracy se rua vers son mobile, c'est Ronald qui appelle. Elle laissa sonner dédaignant de répondre. Ronald rappela plusieurs fois de suite en vain.

Quelque temps après, quelqu'un toquait à la porte de la chambre ; Bobby redressa les oreilles puis se précipita vers la porte, sa queue qui remuait, signe que la personne derrière la porte lui était familière. C'est probablement Ronald qui rentre ; Tracy, en guise de punition, laissa toquer plusieurs fois.

– Tracy, Tracy, c'est moi Margaret, ouvre s'il te plaît ?

Tracy se leva et ouvrit la porte.

– Ça va Tracy, tu as l'air bien fatiguée ?

– Un peu fatiguée, mais ça va.

Margaret continua :

– Ton ami Ronald avait appelé sur la ligne téléphonique de l'hôtel, c'est moi qui lui avais répondu.

– Il était sorti de la bâtisse, mais il n'y avait plus personne pour le raccompagner. Il avait appelé des taxis, mais comme cette zone était supposée dangereuse, aucun taxi n'avait accepté de le prendre en charge.

– Il entreprit donc de rentrer à pied. Chemin faisant, deux hommes se ruèrent sur lui et lui assenèrent plusieurs coups.

– Il a été sauvé par une patrouille de polices qui inspectait le quartier. Ces agresseurs déguerpirent à la vue des policiers. Ils ne lui ont rien pris, ni son argent ni son portable.

– Il est actuellement à la pharmacie du village pour se faire poser des pansements.

– Il demande que tu ailles le chercher.

Tracy, inquiète, écoutait attentivement le récit de Margaret.

– Tu es pâle, tu sembles vraiment fatiguée, je peux aller le chercher à ta place si tu veux, lui dit Margaret.

– Oui, mais que va penser Ronald ? Que je reste indifférente à ce qui lui était arrivé ?

– Mais non Tracy, ne t'inquiète pas, je lui expliquerai

Une heure plus tard arriva Ronald en compagnie de Margaret. Elle se précipita pour ouvrir la porte de la chambre. Plus de peur que de mal, Ronald n'était pas dans un si mauvais état ; une plaie à l'arcade sourcilière et un hématome sur la main.

Ces évènements avaient rendu Tracy moins rageuse à l'égard de son ami, néanmoins encore boudeuse.

C'est alors que Ronald se mit à lui raconter :

Il avait bien revu Jennifer, mais dans le bureau du directeur. C'était ce dernier qui l'avait fait appeler par une secrétaire à leur sortie de la conférence. Avant de s'y rendre, comme Tracy était grincheuse, il avait pris le soin de demander à l'hôtesse d'accueil de la prévenir de ce rendez-vous.

Une fois au bureau du directeur, après des questions de pure forme sur le déroulement de la première conférence, il lui avait dit être en relation avec deux centres de recherches, l'un en Californie et l'autre en Algérie, qui cherchaient à embaucher des compétences comme les siennes.

Jennifer, lui expliqua en gros en quoi consistait le travail à savoir, des analyses de résultats avec de puissants outils informatiques. Le salaire était super-attrayant surtout pour une éventuelle expatriation en Algérie.

Après cet entretien, il était sorti de la bâtisse seul pensant que Tracy l'attendait.

Tracy l'écoutait avec méfiance, elle lui rétorqua :

– Écoute Ronald, je te connais, tu es en train de me raconter des bobards ?

– Je te jure Tracy, c'est la pure vérité, d'ailleurs tu pourras te renseigner demain auprès du directeur

– Mon chéri, et moi qui te croyais dans les bras de Jennifer

Tout cela finit par une réconciliation dans le lit, Tracy aimante et infirmière à la fois.

En remerciements à Margaret pour le service qu'elle leur avait rendu la veille en allant chercher Ronald, le couple décide de l'inviter pour le déjeuner d'aujourd'hui avant de se rendre à leur conférence de la bâtisse prévue à quatorze heures. Ce sera également l'occasion de s'informer auprès d'elle, car elle semblait avoir beaucoup de choses à raconter sur les dangers supposés dans ce village et ses environs.

C'est Tracy qui sortit en premier pour les besoins de Bobby, Margaret n'était pas à l'accueil, elle lui laissa un message auprès de sa remplaçante lui demandant de lui téléphoner si possible aujourd'hui.

Pour minimiser les risques supposés, Bobby n'avait bénéficié que d'une balade dans les parages immédiats de l'hôtel.

Tracy revint à l'hôtel, l'hôtesse l'interpella avant qu'elle ne monte rejoindre la chambre.

– J'avais transmis votre message à Margaret, elle vous a téléphoné immédiatement, mais c'est votre mari qui a répondu. Il l'invita à monter dans votre chambre, elle doit y être encore.

– Merci, Madame répondit Tracy puis elle emprunta l'ascenseur, en direction de sa chambre.

Margaret était effectivement là avec Ronald, badinant sur sa bastonnade de la veille par des inconnus.

– Bonjour ! Tracy, bien remise de tes émotions, ça va ?

– Bonjour Margaret, oh oui, mieux qu'hier !

Tracy n'apparaissait pas incommodée par cette présence féminine auprès de son ami. Elle embrassa Margaret puis Ronald et enchaîna instantanément :

– Margaret, tu nous avais sacrément rendu un service hier, nous souhaitons t'inviter pour le déjeuner d'aujourd'hui. Ce sera l'occasion aussi de faire davantage connaissance surtout si tu envisages de venir nous voir à Los Angeles.

– Oh, il n'y a vraiment pas de quoi pour si peu, Tracy

– Justement, je ne suis pas de service aujourd'hui et je pourrais aussi vous faire visiter le camp de Slab dwelling, le campement de la honte qui obsède toute notre région.

Les disparitions mystérieuses d'hommes et de chiens, les zombis qui se baladent dans les alentours du campement, peut-être, aurions-nous une idée de ce qui se passe, dans la bâtisse suspecte, se disaient probablement Tracy et Ronald.

– Bonne idée, Margaret, nous nous préparons et te rejoindrons dans le hall dans un petit quart d'heure, d'accord ?

Ronald, plaisantant avec son ami :

– Il paraît que c'est infesté de dangereux serpents, on ira quand même ?

– Oui, car, rétorqua Tracy amusée, nous trouverons peut-être celui qui avait disparu de la scène à la bâtisse

Le couple s'habilla et descendit en compagnie de Bobby. Margaret était là, dans le hall.

Instinctivement, Bobby se dirigea vers Margaret et lui fit la fête.

Ils se dirigèrent tous les trois vers la voiture de Margaret. Tracy s'asseyait côté conducteur, Ronald, sur le siège derrière.

– D'accord, nous allons commencer par la visite de la high Mountain, une œuvre originale et unique qui égaye par ses couleurs l'environnement de Slab dwelling. C'est une montagne colorée avec des milliers de litres de peinture hauts en couleur, avec à son sommet la croix de Jésus et sur ses flancs des versets de la Bible. Elle avait été construite et reconstruite par un Slabber du nom de Léonard Knight ; à son décès, c'est une association locale qui s'était chargée de l'entretenir.

Sur le chemin qui menait à la high Mountain, ils traversèrent le campement de Slab dwelling. Là s'arrête le rêve américain et commence alors le cauchemar américain. Il fallait vraiment le voir pour le croire ; des carcasses de bus, de camions, de voitures, et même, un cockpit d'avion qui servent d'habitat à ces misérables campeurs. Il n'y avait pas de commodité, ne serait-ce la plus élémentaire ; pas d'électricité, les plus astucieux réussirent à installer de petits panneaux solaires, il n'y avait pas d'eau non plus, les campeurs s'arrangeaient avec les habitants du village voisin pour puiser un peu d'eau en payant un petit forfait.

Les campeurs que l'on nomme ici les Slabbeurs sont pour la plupart des Américains venus de tout le pays. Des Américains désargentés, des laissés pour compte, des drogués aussi, les uns habitaient en permanence, d'autres s'installaient en hiver pour le climat moins rude du désert californien. Seul avantage à Slab dwelling, les campeurs ne payent pas des loyers, pas de taxes ni d'impôts, ni des règlements contraignants non plus hormis les usages de la communauté. Ils sont livrés à eux-mêmes dans une sorte de no man's land que certains n'hésitaient pas à qualifier, en guise de cache-misère, de la dernière ville cent pour cent libre des États-Unis.

Une fois, la visite à high Mountain terminée, Margaret et ses convives partirent déjeuner dans un village voisin, car localement, il n'y avait pas des restaurants convenables.

Et c'était là que Margaret commençait à lever le voile sur les mystères et les rumeurs à propos des campeurs de Slab dwelling et de la fameuse bâtisse.

D'abord les disparitions, généralement parmi les campeurs qui venaient de s'installer à Slab dwelling, un certain nombre d'entre eux disparaissaient. Il y avait aussi des chiens qui se volatilisaient.

Les riverains pensaient qu'ils furent peut-être avalés par des serpents, car il y en avait pas mal dans cette région désertique. Curieusement, ces disparitions commençaient à avoir lieu depuis cinq ans environ et c'était précisément à cette date que fut créée la bâtisse où, disait-on, se déroulaient des pratiques surnaturelles.

Parmi les disparus, quelques-uns réapparaissaient au camp, mais complètement métamorphosés. Ils déambulaient comme des zombis téléguidés probablement par une volonté à distance. D'après les campeurs, il arrivait à ces énergumènes de partir quelque part la nuit puis revenir le lendemain. Selon un commerçant du village chez qui était venu un de ces zombis, il disait que l'homme parlait avec une voix humaine, mais donnait l'impression de ne pas maîtriser ses gestes.

Un autre cas unique dans son genre : un jour, un chien sans maître errait dans le village, deux chiens des villageois avaient subitement abandonné leur maître respectif pour le rejoindre. Les propriétaires avaient beau héler leur animal, mais aucun d'eux n'était revenu, les chiens partirent tous les deux en compagnie de l'étrange canin. Les propriétaires coururent pour les atteindre, mais leurs chiens plus rapides disparurent dans l'étendue du désert à leur grand désarroi.

Et puis, il y avait aussi le fameux chasseur de serpents. Il partait dans le désert de jour et revenait avec un serpent ; puis la nuit tombante, il repartait avec on ne sait où.

Les riverains pensaient que ces évènements ne pouvaient être qu'en relation avec la bâtisse, car avant son implantation il y a maintenant cinq ans, rien de tel ne se produisait.

On pense, même, que parmi les visiteurs de la bâtisse, il y a des hommes et de femmes qui disparaissent aussi, bien que les investigations de la police n'aient pas confirmé cette hypothèse.

Il y a aussi une autre suspicion. Slab dwelling était anciennement un camp d'entraînement militaire. Il a été abandonné et les entrées ont été bétonnées depuis. Dans cet ancien camp militaire, l'armée faisait également des expériences sur des soldats pour renforcer leur courage et les rendre plus résistants, faisaient également des recherches pour de nouvelles armes.

Certains riverains pensent que les quelques militaires de cet ancien camp militaire, qui habitent encore au camp de Slab dwelling, pouvaient être à l'origine de ces enlèvements, car ils connaissaient assez bien les entrées secrètes de l'ex-camp des marines, mais pour quelle finalité.

Margaret conclut :

– Et ce n'est qu'un résumé de ce qui se passe dans la région, vous comprendrez aisément pourquoi, les habitants sont aux qui-vive et naturellement soucieux.

Tracy et Ronald, ébahis, ne savaient pas quoi dire.

Ronald, après mûre réflexion, s'adressant à Margaret :

– Les campeurs de Slab dwelling, à part ceux qui résident en permanence, sont, en quelque sorte, des nomades qui viennent et partent à leur guise puisqu'il n'y a aucun contrôle. Ils pouvaient aussi bien repartir quelque part ailleurs sans pour autant être enlevés ?

– Pour les chiens, on peut supposer qu'ils étaient dans leur période de chaleur et par conséquent ils suivent le chien mâle sans obéir à leur maître ?

– Enfin, le chasseur de serpents, cela peut nous paraître étrange nous, mais il y a bien des peuples qui chassent et mangent les serpents. Il en fait peut-être partie ?

Margaret, rétorqua, sans tarder, à Ronald

– Primo, les campeurs sont une communauté assez soudée. Ceux qui y habitent en permanence savent, qui vient ou qui repart et même celui ou ceux qui prévoient de revenir, et même à quelle date.

– Par ailleurs, les campeurs se retrouvaient dans le bar du camp, chaque samedi. Ils parlaient entre eux, les uns de leur arrivée, les autres de leur départ ; c'est dire que tout le monde était au courant de ceux qui partaient parmi eux.

– Et c'est justement des campeurs qui avaient signalé, à plusieurs reprises, les disparitions de leurs collègues.

– Secundo, pour les chiens, je suis d'accord avec toi sur le principe, mais cette fois-ci, ce n'était pas le cas. As-tu déjà vu deux chiens mâles en chaleur suivre un autre chien mâle en chaleur aussi ? Des chiennes, oui, mais pas les chiens mâles

– Enfin, concernant le chasseur de serpents, le bizarre réside dans le fait qu'il ne mange pas le serpent capturé.

– Et puis, comment expliques-tu ceux qui reviennent complètement métamorphosés au camp, comme si leur liberté de mouvement et de pensée était téléguidée ?

Tracy semblait convaincue, Ronald, plutôt pessimiste, quant aux explications que venait de donner Margaret.

À propos des chiens, Tracy ajoutait à l'attention de Margaret qu'il était fort possible que le chien en question soit imbibé d'un produit odorant simulant l'état de chaleur que l'on pouvait produire facilement en laboratoire, avec un procédé chimique. La question reste à savoir pourquoi quelqu'un le ferait.

Une heure plus tard, ils quittèrent le restaurant et reprirent le chemin de retour en direction de l'hôtel. À l'arrivée, Tracy rappela à Ronald leur rendez-vous de quatorze heures pour la deuxième conférence à la bâtisse à laquelle ils escomptaient bien être présents et, a fortiori, depuis les révélations faites par Margaret.

III

Pour la deuxième conférence, il y avait autant de monde que la précédente. On ne demanda pas de remplir des fiches, mais signer simplement une feuille de présence. La préposée à l'accueil nous avisa d'un retard probable du début de la conférence et nous indiqua une salle d'attente à proximité.

Tracy et Ronald exploraient l'esplanade qui donne accès aux salles de conférences à la recherche de John, l'officier de police avec lequel ils avaient lié amitié la veille. Visiblement, John n'était pas encore là, à moins qu'il ne soit en train d'inspecter les locaux de la bâtisse à la recherche d'indices. John semblait n'avoir cure des conférences, probablement un simple prétexte pour lui, de remplir une mission en sa qualité d'officier de police. En faisant connaissance avec Tracy, John avait certes décliné sa profession d'officier de police, mais n'avait pas dévoilé sa mission.

Que cherche cet officier de police exactement ?

Il y a d'abord les fameuses quatre portes blindées du quatrième sous-sol qu'il avait découvert la veille ; ces portes devaient forcément communiquer vers d'autres locaux dans la bâtisse ou menaient quelque part dans d'autres lieux ; dans cette hypothèse, à quoi serviraient-ils, se disait John. Ensuite, il y avait également le stock de matériel et de produits de laboratoire dont les cartons camouflaient sciemment les portes blindées ; ces matériels et produits n'avaient aucun rapport professionnel avec la bâtisse qui, par vocation, était destinée à une activité culturelle.

Puis, s'ajouta un autre point troublant que l'officier avait appris auprès du voisinage : pratiquement chaque vendredi soir, alors que le personnel administratif de la bâtisse était censé être parti à cette heure aussi tardive, il y avait un nombre important de véhicules garés devant et autour de la bâtisse. Que venait-il donc faire ce beau monde un soir de Week-End ?

La salle de conférences n'était toujours pas ouverte, le couple se dirigea vers la salle d'attente pour se joindre à d'autres participants qui devisaient à propos de la démonstration de la veille. L'imagination comble : trucage, satanisme ou de nouvelles technologiques. Ainsi chacun donnait sa version pour élucider les mystères de la démonstration.

Parmi eux, il y avait un Californien établi à Marrakech, au Maroc, qui leur raconta une drôle d'histoire arrivée à sa compagne : un jour, sur invitation de deux jeunes autochtones voisines, elle partit avec elles au Hammam, une sorte de bain collectif et massage de relaxation par des femmes de l'établissement. Au sortir de la salle d'eau, ma femme et ses deux accompagnatrices décidèrent de se relaxer un moment sur des matelas à disposition dans une grande salle avant de repartir. Le service de l'établissement leur avait servi des gâteaux orientaux et du thé à la menthe fraîche. En sortant du hammam, les deux jeunes femmes l'invitèrent à déjeuner, car, disaient-elles, aujourd'hui c'est vendredi, un jour ou par tradition, les familles préparent un couscous. Connaissant le légendaire accueil des Marocains à l'égard des touristes, ma femme ne dédaigna pas l'invitation. Les filles lui proposèrent aussi de l'accompagner pour visiter la célèbre place Jammât Fnaa et la médina. Ma femme leur répondit avoir déjà vu les charmeurs de serpents de la place à plusieurs reprises, mais qu'elle serait par contre intéressée, pour aller au souk avec l'idée d'acheter un petit cadeau à offrir à la maîtresse de maison chez qui elle devait déjeuner. Le repas une fois terminé, elles prirent un taxi, en direction de la maison située dans un quartier d'apparence populaire. L'entrée de la maison ne payait pas de mine et inspirait la crainte même. Mais quelle fut sa surprise, disait ma femme, une fois traversé le palier de la porte, un vrai petit palais ! Un grand jardin dallé à ciel ouvert, avec au centre une fontaine, une vigne et un grenadier à proximité, le tout entouré de chambres au rez-de-chaussée et à l'étage au-dessus ; en prime, une odeur alléchante d'un plat venait taquiner ses babines.

La maîtresse de maison se présenta au nom de Nouzha, elle souhaita la bienvenue à ma femme. Elle lui dit que ses deux nièces avaient bien fait de l'inviter à ce repas aujourd'hui, car c'était le jour où elle prépare un couscous que l'on mange en famille, que son mari et ses deux fils n'allaient pas tarder à les rejoindre, juste le temps de fermer leur commerce.

Un déjeuner mémorable, un repas succulent réunissant une grande famille, un accueil et des attentions particulières à l'égard de l'étrangère qu'elle était ; bref, tout allait bien jusque-là.

C'est à partir de la nuit chez nous que les choses allaient de plus en plus mal, ma femme avait comme des hallucinations, elle me disait que des mains invisibles la palpaient de partout, qu'elle sentait près d'elle comme une présence d'un être invisible, mais réel au toucher, qu'elle flairait même sa respiration quand il s'approchait de trop près d'elle. Une nuit cauchemardesque, nous nous étions endormis qu'à la levée du matin.

Il arrivait à ma femme de fumer, à l'occasion d'un évènement festif, surtout au Maroc, un sebsi (une pipe marocaine, contenant un mélange de tabac et de cannabis) mais la substance n'était pas hallucinogène à ce point ; elle n'avait pas des antécédents ni un traitement psychiatrique et en plus athée ne croyant pas à une quelconque religion.

Après notre petit-déjeuner tard dans la matinée, nous étions partis retrouver les deux jeunes filles. Elles n'avaient pas subi de tels incidents. Elles nous expliquaient que cela pourrait être l'œuvre d'un djinn (démon) amoureux qui l'aurait possédée au hammam, mais notre esprit cartésien s'opposait radicalement aux légendes de possessions, de sorcellerie et autres sciences occultes très répondues dans la société marocaine.

La nuit tombante, ma femme et moi étions aux aguets en espérant que l'épreuve incompréhensible de la veille ne se reproduise pas, mais hélas, cela fut pire encore : non seulement ma femme subissait les mêmes actes, c'était à mon tour d'être éjecté brutalement de mon lit, j'avais senti deux mains me pousser hors du lit avec une force herculéenne alors que ma femme était dans la salle de bains.

Le lendemain, nous nous mettions tout de suite en chemin vers un ami médecin. Après lui avoir raconté notre aventure au détail près, il ne semblait guère étonné et d'emblée nous expliqua que la médecine moderne n'avait pas un remède approprié. Aussi incroyable que vrai, il nous dirigea vers un marabout (sorte d'exorciste et sorcier à la fois) le plus réputé dans une bourgade à proximité de Marrakech. La séance chez le marabout fut longue et éprouvante ; des échanges oraux entre le marabout et le présumé démon qui s'exprimait par l'intermédiaire de la voix de ma femme finissent à l'avantage de l'exorciste. Ma première stupéfaction fut de voir ma femme se tortiller dans tous les sens et surtout parlait dans un langage marocain parfait, alors qu'elle ne connaissait, que le mot merci en arabe qu'elle prononçait incorrectement d'ailleurs. Ma deuxième stupéfaction était que, malgré mon scepticisme, à la fin, le résultat fit concluant, car ma femme n'avait plus subi ces pernicieux méfaits depuis.

À la fin du récit, un autre assistant avait pris la parole pour confirmer la survenance d'un tel phénomène. Il raconta que pour sa fille, atteinte d'une étrange maladie, il lui a fallu pas moins de six mois pour s'apercevoir qu'elle était possédée par le diable. Elle fut guérie par une séance d'exorcisme par un prêtre catholique en France. D'ailleurs, ce prêtre disait que l'église et les papes successifs reconnaissent implicitement la possession par le diable et préconisent l'exorcisme, à la condition de recourir d'abord, à la médecine moderne pour détecter une éventuelle maladie psychiatrique ou épileptique.

Les deux récits à propos du diable avaient certes allégé le temps d'attente dans la salle, mais les participants commençaient à s'impatienter quant à leur conférence qui aurait dû avoir lieu il y a une demi-heure déjà.

Tracy et Ronald sortirent à nouveau sur l'esplanade. John les avait repérés, il leur fit signe de la main. Il discutait avec la jeune fille de l'accueil, celle justement que Tracy voulait voir à propos du fameux rendez-vous de Ronald et Jennifer.

Chemin faisant, Ronald regarda intentionnellement un des agents de sécurité qui discutait avec l'hôtesse d'accueil. Il croit reconnaître en lui l'un de ses agresseurs de la nuit dernière ; il murmura l'information à l'oreille de Tracy puis ils continuèrent tous les deux à marcher vers John et l'hôtesse. Après les embrassades, Tracy interpella sans tarder l'hôtesse :

—Mon ami vous a laissé un message pour moi hier, pourquoi ne me l'aviez-vous pas transmis ?

— Mais si, Madame, je l'avais formulé maladroitement peut-être en vous disant « Votre chasse gardée est partie rejoindre Jennifer au premier étage »

– Mais votre réaction a été si brutale, que j'ai omis de vous préciser que c'était chez le directeur.

Après ces éclaircissements, Tracy et l'hôtesse s'excusèrent mutuellement tout en s'échangeant un sourire courtois.

Avant de se quitter, l'hôtesse avait jugé bon de lever l'équivoque à propos du fait que Ronald, l'ami de Tracy l'avait courtisé la dernière fois. Ronald est beau, entreprenant et plein d'humour, mais qu'elle n'avait aucune intention de répondre à ses avances d'autant que sa courtisanerie s'était passée en présence de son fiancé qui était à ses côtés à ce moment-là.

Tracy rejoignit Ronald et John, en retrait dans un coin de l'esplanade.

Elle arriva juste au moment où Ronald racontait à John, son agression d'hier soir, à la sortie de la bâtisse. Il lui désigna discrètement l'agent de sécurité qu'il soupçonnait, être l'un des agresseurs.

– C'est fort possible, répondit John, c'est le fiancé de l'hôtesse d'accueil, il est, paraît-il, d'une jalousie maladive.

Tracy regardait droit dans les yeux Ronald, semblant lui dire : voilà ce qui arrive à quelqu'un qui convoite la femme d'un autre !

En même temps, elle lui fit signe de laisser tomber, connaissant son bouillonnant ami, habituellement revanchard.

Ronald avait également parlé à John de la proposition du directeur et Jennifer pour son éventuelle embauche dans un laboratoire de recherche. Cette offre lui paraissait insolite dès lors que, jusqu'à preuve du contraire, la bâtisse n'était pas un laboratoire ni un centre de recherche scientifique.

John méditait ce que venait de lui dire Ronald, mais pour une autre raison aussi étonnante, et pour cause : John avait demandé en renfort un autre collègue, officier de police ; à eux deux, ils réussirent à tromper la vigilance des agents de sécurité et explorèrent les sous-sols de la bâtisse ; ils n'avaient pas pu accéder aux quatre portes blindées du quatrième sous-sol, par contre, ils firent une étonnante découverte : en montant au premier sous-sol, ils découvrirent une porte à demi ouverte, elle donnait accès à une grande salle à l'intérieur de laquelle deux femmes faisaient le ménage ; c'est à coup sûr une salle de culte, il s'y trouvait un autel, des pentagrammes et d'autres objets analogues. John prit discrètement plusieurs photos à l'aide de son portable pour pouvoir identifier le type de culte pratiqué. Est-ce un culte maçonnique, un culte satanique ou autre ? En tout cas, cela expliquerait au moins la présence des véhicules dans les parkings de la bâtisse les vendredis soir, se disait-il. L'occasion serait belle justement pour revenir ce soir lui ou son coéquipier pour connaître la nature de ses réunions nocturnes.

La porte d'accès à la conférence venait de s'ouvrir enfin, les participants se dirigèrent vers l'entrée. Tracy, Ronald et John firent de même en accélérant le pas pour s'installer au premier rang de préférence. Tracy apparaissait moins boudeuse que la dernière fois, elle prit place à côté de son ami Ronald cette fois-ci. John mit sa veste sur le siège à côté de lui comme pour réserver la place, ce qui n'échappa pas au couple évidemment. L'officier de police leur expliqua qu'un de ses coéquipiers n'allait pas tarder à le rejoindre.

Visiblement, les organisateurs n'avaient pas encore installé les bureaux, les chaises et les microphones sur l'estrade, qui devaient servir aux conférenciers, ce qui présageait encore du retard.

Quelles minutes plus tard, le responsable des conférences grimpa sur la scène, un micro à la main, et annonça un changement du programme. Les deux intervenants dans la séance d'aujourd'hui avaient eu un empêchement majeur pour se joindre à nous. Pour pallier cet inconvénient, il proposa la projection d'un documentaire relatant l'équivalent du sujet qui devait être traité aujourd'hui. Il s'excusa amplement, puis regagna l'équipe de techniciens qui doit installer les éléments nécessaires à la projection.

La déception se lisait sur les visages des participants, quelques-uns quittèrent la salle carrément.

Les techniciens montèrent sur la scène, déroulèrent un écran géant, réglèrent les projecteurs suivis de quelques essais puis descendirent à leur tour.

Commença alors la projection du premier documentaire ;

Il s'agit d'une séance occulte qui se passe dans un pays oriental, probablement le Maroc, Israël ou un autre pays semblable, car la langue utilisée était de consonance arabe ou hébraïque. La séquence se passait dans une chambre, un homme assis sur un tapis. À côté de lui, un panier duquel apparaissait la tête d'un serpent ; en face, une femme couverte d'un drap noir. L'homme prit le serpent, il lui caressa la tête, tout en faisait des invocations inaudibles. Il reposa le serpent à côté de lui puis il fixa pendant une minute la femme couverte du drap. Le drap se hissa tout seul, se plia en deux, puis en quatre, en huit puis atterrit à l'intérieur du panier du serpent. La femme lévita et sortit précautionneusement par la porte de la chambre.

Le documentaire finit ainsi, sans un générique de fin ni de début d'ailleurs.

S'enchaîna la projection du second documentaire, avec un générique cette fois-ci et un thème totalement différent du précédent à caractère mystique.

Il s'agit de sciences et recherches technologiques pour rendre les objets et les êtres invisibles, un peu plus concrets que la cape invisible d'Harry Potter. Le film nous démontrait, avec exemple à l'appui, comment rendre de petits objets invisibles à l'œil nu par le jeu des spectres de lumières infrarouges et ultraviolets que l'œil ne perçoit pas.

Il était également dit que dans un proche avenir, nous disposerons de méta matériaux, qui seraient capables de rendre invisibles des objets plus grands. Des recherches sont en cours et déboucheront probablement un jour pour une variété d'applications réelles ; il était même dit dans ce documentaire qu'un fragment d'une météorite tombait dans les sables de Californie, permettrait de concevoir les techniques permettant une invisibilité à grande échelle.

Mieux encore, plusieurs météorites seraient tombées dans le grand désert algérien. L'armée américaine tente de localiser la trajectoire de ces météorites pour connaître leur planète d'origine ou, à défaut, négocier avec les Algériens, l'exploitation de celles enfuies dans les confins du Sahara algérien.

À la fin de la projection, il y avait moins d'enthousiasme que lors de la démonstration. Les spectateurs semblaient restés sur leur faim, voire déçus. Ils s'attendaient à avoir des explications tangibles sur ce qu'ils avaient vu auparavant et non pas des documentaires, au demeurant accessibles de chez soi, par une simple recherche sur Google.

L'incorrigible Ronald sortit en premier, mais où allait-il avec un tel empressement, se demandait Tracy, revoir Jennifer ou le fiancé de l'hôtesse d'accueil qu'il soupçonnait d'être son agresseur d'hier ?

John discutait avec Tracy à propos des documentaires, il dévia volontairement le sujet pour carrément la courtiser en profitant de l'absence de Ronald. Intuition de policier ou simple déduction, John pressentit que la relation du couple vacillait ; une aubaine, car Tracy lui plaisait énormément. Son coéquipier, à qui il fit préalablement un clin d'œil complice, sortit dans la foulée.

Tracy et John quittèrent la salle en dernier. Tracy balaya de son regard l'esplanade à la recherche de Ronald, pas de trace. Par contre, l'hôtesse d'accueil et son fiancé l'agent de sécurité étaient là eux ; il ne reste qu'une seule hypothèse, Ronald est reparti voir Jennifer. Bien qu'habituée à ses incorrigibles extravagances, elle commence sérieusement à ne plus supporter ses comportements d'autant que pour ces seules vingt-quatre dans la région, il y a eu l'hôtesse d'accueil, puis Jennifer, plus grave, probablement a-t-il couché avec Margaret, la fille de l'hôtel qu'elle retrouva avec lui dans la chambre.

Voyant Tracy désorientée, John la questionna :

– Ça va Tracy, vous avez un problème ?

– Oui, je dois laisser les clés de la voiture à Ronald à l'accueil.

– Est-ce que tu peux me déposer à l'hôtel s'il te plaît ?

– Bien sûr, pas de souci !

Bien qu'irritée de l'attitude de Ronald, mais par crainte d'une autre agression à son encontre, Tracy préfère lui laisser la voiture, d'autant plus qu'elle lui appartenait. Quant à John, c'était là une occasion à ne pas rater ; il se hâta même de rejoindre son véhicule avec Tracy avant le retour possible de Ronald.

En cours de trajet, John essayait de faire de plus amples connaissances avec sa nouvelle conquête, afin de mieux conquérir son cœur, mais elle était de nature plutôt discrète sur sa vie. Cependant, en cours de la discussion, Tracy révéla que son père, actuellement en retraite, était commissaire de police dans le district de Los Angeles. Elle reprochait à John, sous forme de plaisanterie, d'avoir abandonné son coéquipier à la bâtisse en la favorisant.

John confiant de la discrétion de Tracy en sa qualité de fille de policier, il lui expliqua que son coéquipier avait aussi pour mission d'infiltrer le camp des Slabbers afin d'enquêter sur les disparitions et surtout approcher les deux présumés zombis et jauger ainsi leur qualité mentale ; est-ce des drogués qui avaient perdu le sens des réalités ou subissaient-ils une quelconque expérimentation scientifique qui expliquerait leur comportement. Pour passer incognito dans le camp, son coéquipier vit comme un campeur venant d'arriver et partage l'inconfort du camp depuis une quinzaine de jours.

John réorienta la discussion sur le terrain de prédilection de Tracy, c'est-à-dire la biologie.

– Que penses-tu des manipulations génétiques comme l'ADN, les neurosciences, etc. ?

– Oh là ! C'est un sujet très vaste, il nous faudrait bien plus que le temps du trajet répondit Tracy.

– Schématiquement, on peut retenir trois idées de base :

– La première, c'est la recherche strictement dans le domaine pathologique consistant par exemple à remplacer la plus petite molécule malade du corps humain par une autre cellule saine. Les résultats obtenus à ce jour sont prometteurs et pas seulement que pour le cancer.

– La seconde serait de corriger des anomalies de fonctionnement de certains organes du corps humain, et là aussi, il y a des avancées appréciables.

– La dernière enfin, la moins éthique serait la manipulation génétique, principalement celle qui consiste à modifier les gènes d'un corps, pour en changer ou optimiser un ou plusieurs caractères.

La question de John n'avait certes pas un caractère romantique, mais elle eut l'avantage de susciter le dialogue.

À vrai dire, imbu de son caractère de policier, John s'attendait à ce qu'elle lui donnât quelques indications scientifiques qui l'aideraient dans ses investigations, par exemple s'il était possible d'implanter ou de contrôler le cerveau d'un être humain tels les zombis de Slab dwelling ; donner des instructions à distance à des animaux ou rendre des êtres invisibles en leur injectant je ne sais quel produit.

Avant d'arriver à l'hôtel, John revêtit sa cape de séducteur. Je ne vais tout de même pas la déposer et repartir, se disait-il en imaginant une stratégie. Pour commencer, trouver un fleuriste, justement un, sur l'avenue qu'il emprunta. Il acheta un bouquet de roses, l'offrit à Tracy qui l'embrassa tendrement en guise de remerciements. Son ami Ronald avait perdu depuis longtemps ce geste affectueux, murmurait-elle intérieurement.

Devant l'hôtel, avant que Tracy ne descende de la voiture, John improvisa un autre plan :

— Tracy ! Bobby, ton gentil toutou, mange-t-il les glaces au chocolat en cornet ou en pot ?

— Bah, il se nourrit de croquettes lui, mais pourquoi me demandes-tu ça ?

— Tracy, quand tu amènes Bobby au restaurant, à table, mange-t-il dans une assiette avec un couteau et une fourchette ou dans un bol à l'aide de sa langue ?

Tracy, amusée, répond avec un éclat de rire.

– Pourquoi donc ces questions curieuses à propos de mon chien ?

John répond avec flegme :

– Je souhaite t'inviter à prendre une glace ou dîner ensemble ce soir au restaurant.

– Connaître, les bonnes manières comportementales de Bobby m'auraient permis de choisir un restaurant approprié !

Tracy, amusée et émue à la fois :

– Je n'ai jamais reçu une invitation aussi élogieuse, merci du fond du cœur John !

Elle expliqua qu'elle était un peu agacée par le comportement de son ami Ronald aujourd'hui et qu'il serait regrettable de gâcher une aussi gentille invitation de sa part. Elle lui promit d'honorer son invitation à un autre moment plus convenable et qu'elle y tenait fermement à son dîner au restaurant.

À la descente de voiture, Tracy proposa à John de lui présenter son chien Bobby ainsi que de boire un café au salon de l'hôtel.

Après un quart d'heure au salon en buvant un café sous l'œil suspicieux de Margaret, John promit de lui téléphoner le jour suivant et reparti avec un grand espoir de revoir Tracy et bien plus.

Après le départ de John, elle s'attarda à discuter un peu avec Margaret à propos du déroulement de la garde de son chien.

– Un vrai chien aristocrate lui répondit Margaret

– Il est toujours aussi affectueux avec moi, il a mangé ses croquettes, fit une petite sieste, et je lui ai fait faire une promenade autour de l'hôtel à deux reprises. Un chien aussi gentil et affectif comme Bobby, je suis jalouse de n'avoir pas un toutou comme lui !

Puis Margaret enchaîna sur un tout autre sujet :

– Tracy, j'ai déjà vu ce monsieur, tu le connais depuis longtemps ?

– Non, nous l'avions rencontré Ronald et moi pendant les conférences à la bâtisse.

– Il m'a raccompagné en voiture, car Ronald a été retenu pour affaire.

– Mais pourquoi me poses-tu cette question ?

Margaret expliqua à Tracy que ce monsieur en l'occurrence John, puisque c'est de lui qu'il s'agit, était déjà venu à l'hôtel ; une fois en compagnie d'une fille, sa femme ou une amie, ils avaient l'air de bien s'entendre en tout cas. Ils ont dormi tous les deux dans une chambre à proximité de celle où tu loges en ce moment. Mais le plus surprenant, c'est qu'il était revenu également à deux reprises, avec un homme, cette fois-ci, et ils dormirent ensemble dans la même chambre aussi. Margaret soupçonnait John d'être de mœurs équivoques et voulut la prévenir de cet état.

Tracy répondit à Margaret qu'avec John ce n'était qu'une simple rencontre fortuite. Néanmoins, il se lisait sur son visage une déception qu'elle tenta de camoufler en prenant son chien dans ses bras tout en lui parlant et souriant.

Elle remonta dans sa chambre totalement ébranlée. Déjà secouée par l'attitude de Ronald, ce nouvel homme sur lequel elle commençait à fonder un espoir, la révélation de Margaret vint porter un coup à son rêve.

Tracy s'allongea habillée sur le lit, Bobby entre ses bras, elle se mit à pleurer. Bobby, attentif au sort de sa maîtresse, lui léchait tendrement les larmes. Deux exaspérations en moins de quarante-huit heures, alors que ce séjour avec son ami était censé la détendre, c'en est de trop, se disait-elle.

Elle qui était déjà fragile par nature, elle fut assommée coup sur coup par la révélation de Margaret sur John et l'absence de Ronald qui ne donnait toujours pas de ses nouvelles. Elle ne cessa de se tourmenter et rembobinait, en quelque sorte, le film de sa vie.

Tracy avait réussi magistralement ses études et exerçait un métier en biologie qui la comble professionnellement. Un amour de jeunesse déçu et quelques aventures de circonstance jusqu'au jour où elle rencontrait Ronald dans une soirée organisée par une association d'étudiants. Elle trouvait en lui l'homme idéal à son goût pour envisager une relation sérieuse. Ils s'aimaient, partageaient des passions et des valeurs identiques et étaient férus de musique rock et d'histoire des civilisations anciennes. Ils s'installèrent ainsi en couple depuis bientôt deux ans.

Il y a environ six mois, un couac sérieux se produisit dans leur relation, elle avait surpris Ronald avec sa meilleure amie d'enfance dans une posture sans équivoque à l'intérieur même de leur domicile. Elle savait que Ronald avait, par épisode, un comportement volage, une sorte d'hystérie à l'affût des femmes comme par pathologie, mais, mis à part ce temps de quasi-crise, c'est un homme charmant, aimant, affectueux et gentil avec elle. Par amour pour lui, elle lui trouvait toujours une raison pour lui pardonner ; une attitude qu'elle adopta depuis le jour ou Ronald, résigné, lui fit une déclaration des plus énigmatiques : « J'ai une chose en moi que j'aurais tant aimé que la technologie avance à pas de géant pour pouvoir reprogrammer une partie de mes neurones ». Tracy interpréta, que la chose en question était probablement son comportement volage qui s'imposait à lui contre sa volonté. Sauf que cette fois-là, elle sentit l'aventure avec sa meilleure amie comme une offense des plus abjectes à son égard. Elle le quitta immédiatement pour se réfugier chez ses parents pendant un mois. Le couple s'était réconcilié depuis, mais il reste cependant fragile, car elle pardonnait de moins en moins le comportement séducteur de son ami.

Après avoir pleuré et ressassé son passé, elle se leva du lit, se déshabilla, prit deux calmants pour apaiser ses souffrances et se recoucha pour tenter de dormir.

Après une nuit agitée, elle se réveilla tard le lendemain ; Ronald n'était toujours pas rentré, ni appel ni message de sa part.

C'est la deuxième fois qu'il mettait un aussi long délai pour se manifester. La toute première fois, il avait quitté Tracy sans aucune explication en se réfugiant chez ses parents. Dixit sa mère, il était resté cloîtré dans sa chambre pendant trois jours, il avait éteint son portable, ne voulait communiquer ni rencontrer personne hormis le fait d'entrouvrir la porte de sa chambre pour aller aux toilettes ou accéder à la va-vite à la cuisine, pour prendre quelque chose à manger.

IV

John était reparti à son district de police pour faire son rapport de mission à propos de la bâtisse et tenter d'obtenir une perquisition légale pour accéder aux portes blindées et découvrir à quoi elles donnaient accès.

C'était donc l'officier de police, son coéquipier, qui avait la charge de vérifier ce qui se passait au juste, dans la salle découverte subrepticement dans la bâtisse, soupçonnée d'être une église satanique ou une loge maçonnique et dont il était difficile de distinguer l'une de l'autre, les deux obédiences utilisant en commun le même pentagramme luciférien.

En arrivant à l'entrée de la bâtisse, il se mêla avec les adeptes qui arrivaient au fur et à mesure et qui se dirigèrent vers le hall de la fameuse salle. La porte n'était pas encore ouverte. Le policier constata d'emblée qu'une majorité des visiteurs étaient décorés d'insignes de croix renversée et du symbole luciférien, ce qui écartait l'hypothèse d'une loge maçonnique et confirmait qu'il s'agirait d'une secte ou d'une église de Satan. Le policier essaya de se mettre le plus à l'écart de la foule afin d'éviter d'être interpellé par un participant et se dévoilait ainsi comme un incongru.

La porte s'ouvrit et il suivit les disciples pour tenter de rentrer à l'intérieur de la salle ; une fois arrivé à l'entrée, un colosse lui demanda une carte d'adhérent pour pouvoir y pénétrer. ; le policier expliqua à ce dernier qu'il venait pour une future adhésion à la secte, mais rien n'y fait, le portier refusa de le laisser entrer. Le policier fit alors mine de se renseigner pour sa future adhésion. Subtilement, il scruta du regard l'intérieur de la salle, l'autel, les signes et pentagrammes aux murs et au sol ne laissaient aucun doute, il s'agit bel et bien d'une messe noire satanique.

Le policier n'était pas à sa première et surprenante découverte.

En effet, sa mission d'infiltration sous couvert d'un faux Slabber dans le camp de Slab dwelling lui avait permis de recueillir de précieux renseignements en côtoyant les campeurs. Il avait aperçu deux officiers de l'ancien camp militaire de Slab, lia amitié avec eux et les invitait souvent à boire un verre dans le bar improvisé du camp non sans raison, car les deux acolytes connaissaient dans les détails la structure de cet ancien camp de l'armée adjacent à la bâtisse et qui, sous l'apparence d'un camp d'entraînement militaire, servait en réalité à des expérimentations scientifiques. Ils disaient qu'à la fermeture de ce camp, ils étaient mutés dans une autre caserne à une centaine de kilomètres de là et y restèrent jusqu'à leur retraite. En difficulté financière due à leur maigre pension, ils décidèrent de revenir dans la région et s'installèrent donc dans le camp de Slab dwelling ou ils y vivent depuis maintenant cinq ans. Le policier profita d'une soirée bien arrosée pour leur soutirer ce qu'ils pouvaient savoir de ce fameux ancien camp en les assurant qu'ils n'étaient plus tenus au secret militaire et qu'ils pouvaient parler librement. Ils lui révélèrent que l'ancien camp militaire mesurait en surface au moins trente hectares, autant en sous-sol ; les militaires, les matériels et les équipements avaient été déménagés et transférés dans un autre lieu. Par contre, tous les équipements scientifiques et de laboratoires qui servaient secrètement aux expériences en sous-sol n'avaient pas été transférés en même temps. Le camp avait été complètement détruit, mais pas son sous-sol dont seules les portes d'entrée de l'extérieur avaient été bétonnées. Souvent, ils se promenaient à proximité de ce lieu ou, naguère, ils étaient militaires et à chaque visite, ils entendaient des bruits comme si les salles et les laboratoires étaient toujours en fonction.

Le policier les questionna sur les prétendus zombis vus dans le jardin public du village voisin, les deux anciens militaires déclarèrent, que certains campeurs désœuvrés à Slab dwelling, se droguaient, mais qu'il y avait effectivement, parmi eux, deux hommes à l'allure soupçonnable, un peu comme des humains téléguidés à distance. D'ailleurs, personne ne sait comment ils étaient arrivés dans le camp : ni voiture, ni camping-car comme la majorité des autres Slabbers, ils n'habitent que dans une baraque construite de cartons, de planches de bois et de brindilles à l'entrée du camp. Ils sortent du camp et reviennent comme des automates ne parlant ni ne côtoyant personne.

Les deux anciens militaires n'étaient pas avares de discussions, c'est ainsi que le policier profita de les questionner à propos de la bâtisse; ils répondirent tous les deux en même temps : « c'est le lieu le plus énigmatique de la région » ; l'un d'eux poursuivit : tout le monde pense que cette bâtisse n'est qu'une façade pour des activités secrètes de type occulte, scientifique ou d'une autre nature ; les prétendues conférences qui sont organisées dans ces lieux ne seraient que des leurres ; comment expliquer qu'il y ait autant de monde chaque jour alors que lesdites conférences ne sont organisées que deux jours par semaine. Puis, il y a la disparition des chiens et aussi de deux Slabbers ; les riverains les soupçonnent de faire des sacrifices mystiques avec des chiens ou des expérimentations scientifiques. Pire, il y a deux ans de cela on avait retrouvé, dans une décharge à proximité, les corps de deux chiens à qui l'on avait arraché le cœur et le foie. Tout le monde ici pense que c'était l'œuvre de cette maudite bâtisse alors que l'enquête est toujours en cours.

Tracy était sortie promener son chien puis alla au salon de l'hôtel prendre son petit-déjeuner.

Ronald n'était pas rentré ni téléphonait et cela commençait à l'inquiéter sérieusement. Elle essaya de le joindre au téléphone, mais son portable était visiblement éteint. Devait-elle quitter l'hôtel et rentrer à Los Angeles ou l'attendre encore ; elle décida alors de retourner à la bâtisse ou elle l'avait laissé la veille. Arrive entre-temps Margaret. Tracy lui expliqua ses inquiétudes à propos de Ronald et s'apprêta à appeler un taxi pour aller à la bâtisse ce à quoi Margaret lui proposa de l'accompagner dans sa voiture.

Arrivées devant l'entrée, elles furent hélées par deux agents de la sécurité qui s'orientaient vers elles ; c'est le jour de fermeture, leur dirent-ils. Avant de rebrousser chemin, Tracy demanda à Margaret de faire un tour dans le parking pour vérifier si la voiture de Ronald y était encore. Pas de trace du véhicule, Ronald était probablement parti avec. Elles repartirent ensuite à l'hôtel.

Sur le chemin, voyant Tracy stressée, Margaret lui proposa, en attendant le retour de son ami, d'aller visiter les manifiques dunes à proximité et l'invita à déjeuner dans un restaurant entre filles. Bien que soucieuse, Tracy accepta volontiers les propositions.

Des dunes admirables, une température supportable, les deux filles marchèrent pieds nus sur du sable chaud et chatouillant tout en se moquant du pauvre Bobby qui n'arrivait pas à les suivre tant les pattes de la pauvre bête s'enfonçaient dans le sable. Après les escalades des dunes et des galipettes dans le sable, elles prirent la direction du restaurant.

Chemin faisant, Tracy, après quelques hésitations, interrogea Margaret à propos du jour où elle avait raccompagné Ronald de la pharmacie du village à l'hôtel et sa présence dans la chambre d'hôtel avec lui.

Margaret ne semblant pas gênée par ces questions, lui répondit :

— Pour te dire sincèrement, ton ami Ronald est un vrai gentleman séducteur et cela lui va bien, car il est beau, grand et beau parleur.

— Il avait effectivement tenté de me séduire au cours du trajet, mais je n'avais pas succombé à ses avances pour autant.

— Comme tu l'avais demandé auprès de l'hôtesse d'accueil, je t'avais appelé sur le poste de la chambre, c'est Ronald qui répondit et il insista à ce que je monte dans la chambre. J'étais allé le voir tout en restant sur mes gardes. Il avait à nouveau tenté subtilement de s'approcher de moi, je lui fis signe de ma désapprobation, après cela, il s'était correctement conduit et c'est là que tu étais arrivée.

– Je ne te cache pas que, j'aurais probablement succombé, mais pas cette fois-ci, car je ne voulais pas te faire à toi ce que je n'aurais pas aimé qu'on me le fasse.

Tracy écouta attentivement le récit puis se pencha vers Margaret et lui fit une tendre bise sur la joue.

Bobby, le toutou s'impatiente et le fait savoir, non pas, parce que désintéressé par la discussion, il avait surtout envie de faire ses besoins. Margaret comprit le message et se gara sur le bas-côté de la route. Le chien haletant sortit aussitôt la porte ouverte et remonta, apaisé, peu de temps après dans la voiture.

Une fois arrivée au village, Margaret demanda à Tracy

– Tu veux que l'on retourne au restaurant de la dernière fois, ou en choisir un autre !

– Nous allons retrouver les souvenirs de Ronald là-bas, choisissons un autre s'il te plaît

Margaret, qui connaissait tous les restaurants du village, choisit l'un d'eux acceptant les chiens, car Bobby était invité aussi.

Margaret gara sa voiture non loin du restaurant, descendit, immédiatement après, elle enlaça fortement Tracy comme pour la réconforter. Elles entrèrent au restaurant, le toutou trottinait derrière.

Avant même de s'attabler, chacune d'elles eut une surprise de taille, mais pas pour les mêmes raisons.

Margaret chuchota à l'oreille de Tracy, que l'homme et la femme assis sur la table au fond de la salle étaient bien ceux qui avaient accompagné et dormi avec John dans son hôtel.

Il s'agissait en fait du policier-coéquipier de John en compagnie d'une femme. Tracy avait déjà rencontré le coéquipier de John lors de la dernière conférence à la bâtisse et c'est précisément lui et la femme qui l'accompagne que Margaret soupçonnait d'être des amants de John au prétexte qu'ils ont dormi ensemble dans la même chambre de l'hôtel. Dès qu'il vit Tracy, le coéquipier de John lui fit signe de se joindre à sa table. Les deux filles se dirigèrent vers lui, Tracy presque ravie et Margaret intriguée. L'homme et la femme se présentèrent comme étant les collègues de travail de John sans pour autant révéler leur fonction de policiers et reconnurent Margaret, l'hôtesse d'accueil de l'hôtel où ils avaient séjourné à plusieurs reprises à l'occasion de leur mission dans la région. Il invita les filles à prendre un apéritif, s'adressant à Margaret, comme pour s'innocenter :

– Vous savez, nous recommandons toujours votre hôtel à nos collègues, mais nous ne sommes pas des clients rentables, car nous louons souvent une unique chambre à plusieurs, d'abord par économie, car notre employeur est radin pour le remboursement des frais et surtout, pour pouvoir échanger nos avis sur les missions de la journée qui sont généralement semblables.

– Vous serez toujours les bienvenus, d'ailleurs vous, la dame et Monsieur John étaient venus ces derniers jours n'est-ce pas ?

– Exact, je me souviens même de votre prénom, Margaret, je crois, répondit l'homme.

Margaret était plus sereine par ce qu'elle venait d'entendre, mais c'est surtout Tracy extasiée par ces déclarations qui disculpaient totalement John des présumées mœurs équivoques qui entravaient son espoir de nouer une relation sentimentale avec lui.

V

John espérait obtenir facilement un mandat de perquisition pour approfondir son enquête sur les dessous de la bâtisse, mais il en fut autrement. Malgré les démarches insistantes de ses chefs, le mandat de perquisition n'avait pu être obtenu par crainte d'un conflit de compétence entre la législation civile et celle du ressort du tribunal militaire pour ce qui concerne l'ancienne caserne militaire qui semble bien communiquer, comme le redoutait John, par les sous-sols avec la bâtisse.

John, avec le soutien tacite de ses responsables, avait donc décidé de trouver d'autres moyens pour continuer ses enquêtes, avec l'appui de son équipe, quitte à enfreindre légèrement les lois en jouant subtilement sur les controverses.

Pour se réintroduire dans la bâtisse, il pensa persuader Ronald de porter plainte contre l'agent de sécurité et son comparse qui l'avaient agressé dernièrement à sa sortie de la bâtisse. John tenta vainement de joindre Ronald par téléphone pour formaliser la plainte par écrit, document qui servirait de prétexte, mais cette démarche ne se réalisera pas, car le portable de son correspondant était hors service.

Il décida alors de se rendre quand même à la bâtisse, accompagné de son coéquipier, pour interroger les deux individus avec l'objectif de glaner davantage d'informations sur les rouages de la bâtisse plus que sur l'agression elle-même. Ils se présentèrent tôt le matin à l'accueil, demandèrent à rencontrer l'agent de sécurité, lequel n'était pas encore arrivé sur les lieux.

Contrairement aux dernières visites pour les conférences, cette fois-ci, des dizaines de personnes entraient au fur et à mesure dans la bâtisse et empruntaient davantage les ascenseurs desservant les sous-sols que les couloirs administratifs de l'étage. Une aubaine pour les policiers, de se faufiler parmi la foule et descendre précisément aux sous-sols. L'esplanade où étaient entreposés des cartons obturant l'accès des portes blindées était complètement dégagée ; les quatre portes étaient ouvertes et donnaient accès sur de longs et larges couloirs à perte de vue et des ascenseurs ou s'engouffrait un personnel majoritairement en cols blancs. D'autres personnes empruntaient ce qui semblait être une desserte par mini-tramways stationnés des deux côtés de l'allée principale. Seul obstacle pour les policiers, au-delà d'une certaine distance, il fallait montrer un badge pour poursuivre, combien même exhibèrent-ils leur carte de policier comme ultime recours, ils furent reconduits aimablement à la sortie.

Par ce qu'ils viennent de constater et en le corroborant avec les précédentes investigations, les enquêteurs acquirent une certitude : la bâtisse, prétendument un lieu de conférences, de locations de salles pour des séances occultes et de dancing n'était qu'un leurre pour abriter l'entrée d'une immense structure d'activités ultrasecrètes, reliait à coup sûr par des sous terrains avec l'ancien centre de recherches scientifiques militaires jouxtant la bâtisse.

Les deux policiers méditent d'ores et déjà une stratégie pour pouvoir s'y introduire et y découvrir la nature exacte de ces activités secrètes. Une tentative d'incursion par effraction semble impossible tant les lieux sont protégés et il va falloir trouver d'autres subterfuges pour y parvenir.

John se rappela que Ronald lui avait fait part de la proposition d'embauche que lui avait suggérée le directeur de l'établissement il y a une semaine et eut aussitôt l'idée de demander audience à ce responsable. Une fois reçu par ce dernier, John improvisa un scénario digne d'un professionnel hollywoodien : il prétendit que sa conjointe était biologiste diplômée d'une grande et célèbre école, qu'elle avait fait des recherches concluantes en génétique au profit d'un laboratoire et qu'elle souhaiterait maintenant intégrer une structure importante techniquement et financièrement pour faire aboutir ses recherches. Le directeur l'écouta poliment, mais semblait réservé, car il connaissait d'avance le policier John qui lui fut déjà signalé comme suspect par le service de sécurité de la bâtisse. Le directeur lui remit néanmoins sa carte de visite pour que la conjointe du policier puisse prendre contact avec lui.

John avisa immédiatement son chef hiérarchique à Los Angeles afin de rechercher une volontaire capable de remplir les conditions d'une parfaite biologiste pour se présenter en lieu et place de sa supposée conjointe et infiltrer ainsi la bâtisse. En effet, pour les bonnes causes, la police dispose d'un registre national de volontaires toutes compétences confondues qui l'aident dans ses missions bénévolement et c'est précisément ce à quoi avait pensé John dans l'élaboration du scénario avec le directeur. En cas d'échec, il restera à John une seconde chance, celle de Ronald, qui lui, avait reçu une vraie proposition d'embauche, mais accepterait-il de jouer cette complicité sans compromettre un poste aussi intéressant en responsabilité et en salaire.

VI

Tracy avait attendu impatiemment le retour de Ronald qui s'était absenté depuis plus quarante-huit heures. Aucun appel téléphonique ni autre signe en vain. Elle quitta sans lui l'hôtel et reprit la direction du retour chez elle à Los Angeles. Trois heures plus tard, elle arriva à la maison exténuée, juste le courage de rechercher dans l'appartement une trace quelconque de son ami au cas où il serait revenu au domicile entre-temps. Bobby l'accompagnait dans sa prospection, content d'avoir retrouvé ses repères. Tracy se dirigea dans la foulée vers le téléphone fixe pour écouter les messages sachant que les parents de Ronald communiquaient qu'avec le téléphone fixe. Il y avait effectivement un message de la mère de Ronald datant d'hier :

— Bonjour Tracy, c'est la mère de Ronald,

— Ne t'inquiète surtout pas, Ronald est chez nous à la maison, il va bien, il est juste fatigué ; le médecin est venu l'ausculter à domicile, il lui a prescrit un repos complet pendant une semaine avec un traitement à suivre scrupuleusement et isolé de préférence de tout contact pendant ce temps.

– Rappelle-moi si tu veux plus de ses nouvelles

– Je t'embrasse.

Bien que rassurée, Tracy redoutait cependant cet isolement volontaire que s'impose son ami de plus en plus fréquemment et s'interroge sur la nature exacte de cette mystérieuse crise.

Une fois remise de la fatigue de son trajet, Tracy téléphona à la mère de Ronald pour s'enquérir de la santé de son compagnon.

La mère de Ronald lui rapporta : tout comme les dernières fois, Ronald est cloîtré dans sa chambre, porte fermée à clé de l'intérieur, avait éteint son portable, ne veut communiquer ni rencontrer personne y compris ses parents, hormis le fait d'entrouvrir la porte de sa chambre pour aller aux toilettes ou accéder à la va-vite à la cuisine et prendre quelque chose à manger. Le médecin lui avait prescrit un traitement avec des antidépresseurs et son hospitalisation pendant une quinzaine de jours dans une clinique. Il sera mis en observation, on lui fera passer différents examens, mais il ne se prononça pas sur la nature exacte de sa maladie.

Malgré les consignes de la mère, Tracy s'obligea à aller chez les parents pour tenter de voir Ronald, mais ce dernier, malgré un dialogue affectif et compatissant à travers la porte, ne voulait pas ouvrir ni la rencontrer. Déçue, mais compréhensive, elle rentra chez elle moralement désabusée.

En partant il y a trois jours de l'hôtel où elle avait séjourné lors de sa visite à la bâtisse, Tracy avait oublié quelques effets personnels dont la gamelle et une laisse de son chien Bobby. Margaret, l'hôtelière avec laquelle elle avait sympathisé lors de son séjour, profita de cet oubli pour téléphoner à Tracy.

Dans leur papotage entre filles, elle lui dit que le policier John avait demandé de ses nouvelles et que visiblement il s'intéressait beaucoup à elle ; John et trois collègues avaient réservé des chambres pour une semaine dans son hôtel puis elle enchaîna les dernières nouvelles dans le village.

Elle lui raconta que l'un des zombis qui erraient dans le jardin public du village avait été retrouvé dans un état comateux ; il fut transporté en ambulance à l'hôpital. Après de multiples examens par scanner et imagerie, les médecins avaient détecté un étrange implant dans sa voûte crânienne ainsi qu'un autre implant dissimulé dans le cartilage de l'oreille. Initialement confondus avec des tumeurs, les médecins s'aperçurent que ces implants étaient conçus dans une matière non organique et visiblement posés volontairement par une opération chirurgicale. Par qui et pourquoi, ces questions demeuraient sans réponse puisque le zombi était dans un état inconscient pour pouvoir parler. Après concertation, les médecins décidèrent de rediriger le zombi vers un autre hôpital de la région tout en restant perplexes, devant une telle découverte tant l'état de ce patient était médicalement énigmatique. Dans un courrier devant accompagner le zombi, les médecins demandèrent à leurs collègues de l'autre hôpital de leur communiquer leurs avis après l'examen de ce patient particulier.

Une ambulance pour le transfert du zombi était programmée et, à peine sortie de l'hôpital, elle fut carrément braquée par des hommes en armes à bord de deux véhicules, le zombi fut transposé immédiatement dans l'une des voitures des braqueurs qui prirent la fuite à toute allure. On apprit, par la suite, que le deuxième zombi qui rôdait encore dans le village avait été enlevé à son tour par d'autres hommes.

Les opérations d'enlèvement des deux zombis avaient été réalisées, semble-t-il, par de vrais professionnels ; tous les villageois s'interrogent, par qui ces kidnappeurs furent-ils recrutés ; les suspicions s'orientaient évidemment et comme toujours, vers la bâtisse et les anciens laboratoires militaires de recherches scientifiques. Des rumeurs alimentées par les deux anciens militaires en retraites dans le camp de Slab dwelling laissaient entendre que les zombis avaient probablement servi de cobayes à des expériences scientifiques ; ils disaient du temps où ils étaient actifs dans l'ancienne caserne, ils avaient déjà vu des personnes déambuler, ayant les mêmes symptômes que les deux zombis du village.

Tracy, bien que préoccupée par l'état de son compagnon, écouta attentivement Margaret avec certainement plus d'intérêt pour ce qu'elle lui disait à propos de John que pour le reste. Son désarroi dû au comportement infidèle de son compagnon Ronald ainsi que de ses crises répétitives semblait la pousser tout droit dans les bras de John, ne serait-ce que pour trouver momentanément un réconfort. D'ailleurs, lorsque Margaret lui proposa de venir la voir comme prévu à Los Angeles pour lui ramener, par là même les affaires de Bobby, Tracy s'empressa de lui dire que ce serait plutôt elle qui reviendrait, en fin de semaine à son hôtel, manifestant ainsi son désir de revoir John. D'ailleurs, Tracy fut tentée plusieurs fois de lui téléphoner, mais elle n'osa pas le faire préférant attendre son appel.

Tracy téléphona à ses parents pour les prévenir de sa visite. Elle est fille unique et très choyée par ses parents. Il ne se passe jamais trop de temps sans qu'elle n'appelle ou ne rende visite à ses parents.

Arrivée à la maison familiale, elle fut accueillie et tendrement enveloppée dans les bras de sa mère ; le père, en retrait, attendait son tour.

Le père, ancien commissaire de police à la retraite, aguerri au moindre détail, remarqua que sa fille n'avait pas la mine épanouie des beaux jours. Il fit discrètement signe à la mère de ce constat, mais elle semblait avoir observé déjà la même chose et prévoyait d'en discuter avec sa fille, comme d'habitude dans la cuisine, en préparant le plat préféré de Tracy, un plat typique de l'antique ville de Cirta appelée de nos jours Constantine en Algérie) composé de pruneaux dénoyautés, de triangles d'amandes écrasées enrobés dans de la pâte feuilletée, le tout baignant dans une sauce aux épices orientales et arrosées de miel. Cet héritage culinaire est dû principalement à son père, originaire de cette région. Il était venu en Californie en tant que jeune étudiant boursier de l'État algérien. À la fin de ses études, il opta pour la nationalité américaine et demeura donc à Los Angeles, convaincu à l'époque par sa fiancée et actuelle conjointe qu'est la mère de Tracy. Alors que la mère préparait le repas, Tracy raconta à sa mère l'échec de son voyage à l'exception du concert de rock, les désagréables escapades de son ami Ronald ainsi que sa rencontre fortuite avec John qui, dit-elle, l'attire progressivement. Hormis ces affaires de cœur, c'est surtout avec son père en passant à table, qu'elle évoquât quelques-unes des rebondissements de la bâtisse, les conférences peu intéressantes auxquelles elle avait assisté ou encore les enquêtes que menaient John, l'officier de police et ses collègues à propos de la bâtisse. Le père de Tracy est très admiratif de sa fille, non seulement pour sa réussite universitaire et professionnelle, mais aussi pour son intérêt particulier pour les histoires anciennes. Il fut assez surpris quand un jour, elle lui apprit que le célèbre mathématicien FIBONACCI avait reçu son éducation en Algérie, au douzième siècle , à Béjaia, une ville portuaire proche de Constantine, la ville natale du père, et que c'était de là que cet illustre mathématicien introduisit les chiffres arabes en Occident, utilisés aujourd'hui dans notre quotidien, ou encore, SAINT AUGUSTIN, l'un des pères de l'Église chrétienne occidentale était un Algérien comme lui, né et vécu au quatrième et cinquième siècle, dans l'actuelle ville de Souk Arras également non loin de Constantine, sa ville natale. La fille lui faisait même la morale en lui disant qu'être un bon et fier citoyen américain ne le dispensait pas d'être également fier de son pays d'origine qu'est l'Algérie, un pays riche de plus de trois millénaires d'histoire et berceau de plusieurs civilisations dû à sa position géographique au centre de la rive sud de la Méditerranée.

Parmi les discussions à table, Tracy brûlait d'envie de poser la question à son père s'il connaissait John, l'officier de police qu'elle avait connu à la bâtisse et qui dépend, selon ses dires, du district de police de Los Angeles où son père était commissaire avant sa mise en retraite. Elle ne tarda pas à la lui poser et le père répondit en ces termes :

– John, je me souviens de lui, il était un officier stagiaire dans mon propre service, un gars sérieux, courageux et qui prenait à cœur son métier de policier. Il y a trois ans, il avait accompagné en mission un de mes meilleurs officiers pour enquêter sur une scabreuse affaire de messe satanique ou les membres étaient suspectés de procéder à des sacrifices d'animaux et peut-être même d'humains. C'était à la suite de la découverte de deux corps de dans une décharge publique à qui l'on avait sciemment enlevé deux organes, le cœur et le foie ainsi que des plaintes pour des disparitions de chiens. Les recherches se sont orientées vers une église satanique ou se pratiquaient des messes noires. Une policière avait réussi à s'infiltrer un vendredi dans l'enceinte de cette église et avait donc assisté à l'intégralité de la messe. Le rapport qu'elle avait établi était des plus déroutants et, de mémoire de policier, je n'avais jamais vu de tel. En résumé, la policière écrivait :

J'avais assisté à la messe noire en me faisant passer pour un membre de la secte, avec la complicité de l'amie d'une amie qui m'avait également fourni tout le nécessaire pour ne pas être repérée, des habits de cérémonie, des insignes, un pentagramme et une croix renversée. Elle m'avait également expliqué le déroulement de la messe, le comportement à adopter et les phrases à prononcer à chaque stade de la messe. Parmi les scènes les plus éprouvantes, celle du sacrifice d'un chien. Le prêtre, assisté d'un disciple, saigna le chien à l'intérieur d'un cercle dessiné par terre, récupéra le sang de l'animal dans une coupe ; il but une gorgée et la redonna à la prêtresse qui la fit circuler parmi les membres de la secte. On donna ensuite le cadavre du chien à un serpent qui attendait derrière l'autel. Il avala intégralement sa proie en quelques minutes. Pendant ce temps, le prêtre et la prêtresse avaient déclaré le commencement des orgies, je réussis à ce moment-là à me frayer un chemin, et sortie de l'église précipitamment.

– L'enquête policière avait duré pendant trois mois et aucune preuve de sacrifice humain n'avait été révélée. Le dossier fut transmis au juge du district et un jugement a été rendu :

– La justice avait déclaré que l'existence de cette église satanique et la pratique du culte par ses membres n'étaient pas contradictoires avec la loi, que cette église était régulièrement déclarée auprès des autorités.

– Elle avait été cependant inculpée de maltraitance d'animaux et condamnée à la fermeture de l'église dans un délai d'un mois.

– Pour contourner les lois, les membres de la secte satanique trouvèrent un subterfuge : ils se réunissent dorénavant dans des salles louées et je crois même que la bâtisse en fait partie, puisque depuis, c'est dans une salle de cet établissement qu'ils organisent leur messe.

Bien qu'intéressée par le récit de son père, Tracy voulait que son père lui parlât davantage de John et elle ne tarda pas à le questionner :

– Papa, hormis les qualités professionnelles de John, sais-tu s'il est marié ou fiancé, a-t-il des enfants, quelque chose comme ça ?

– Euh, ma fille, ça sent de l'intérêt pour cet homme dans ta question, ça ne va plus avec ton ami Ronald ?

Tracy, faisant mine d'éviter la question à propos de Ronald :

– Si papa, je voulais juste savoir un peu plus sur John, car il avait sympathisé avec Ronald et moi lors de notre conférence à la bâtisse.

Le père, qui connaît assez sa fille et sait reconnaître, à la simple expression de son visage, son inquiétude, fit mine d'acquiescer d'autant que la mère, d'un regard, lui fit comprendre de ne pas insister sur le sujet.

En fait, Tracy, dont la confidente en matière de cœur était plutôt sa mère, parlait souvent de ses problèmes avec Ronald et particulièrement tout à l'heure, dans la cuisine, ou elle avait franchement exprimé son dilemme à rester avec Ronald qu'elle aime ou tenter sa chance avec John qui lui plaisait énormément, mais dont elle ne savait pas grand-chose de lui hormis sa gentillesse et sa courtoisie lorsqu'il l'accompagna dernièrement de la bâtisse à hôtel.

VII

Le week-end suivant, comme prévu lors de son entretien téléphonique avec Margaret, Tracy déposa son chien Bobby chez sa mère puis prit la direction vers l'hôtel de Margaret. On devine bien, ce n'est certes pas que pour récupérer les affaires de son chien, mais probablement plus pour rencontrer John qui devait être encore dans la région, enquêtant, avec ses collègues policiers, sur la fameuse bâtisse. Chemin faisant, elle se demanda comment elle va s'y prendre pour le rencontrer ; lui téléphoner ou aller directement à sa rencontre à l'hôtel et dans ce dernier cas, ne serait-il pas inconvenant de jouer le rôle de la courtisane plutôt que celui de celle que l'on courtise. Elle eut finalement une autre idée : elle s'arrêta dans une station d'essence et téléphona à Margaret :

– Margaret, bonjour ; je suis sur la route, j'arrive chez toi dans un petit quart d'heure.

Margaret lui répondit avec enthousiasme et lui demanda des nouvelles de son chien.

– Ah, ton ami Bobby ne sera pas avec moi cette fois-ci

– Dis-moi, Margaret, John est toujours là ?

– Oui, je l'ai vu ce matin quitter sa chambre avec ses collègues, répondit Margaret.

– Et n'a-t-il pas demandé de mes nouvelles depuis la dernière fois ?

– Non, mais je me ferais un grand plaisir de lui apprendre ton arrivée parmi nous, dès que je le reverrais, d'accord ?

– Bien sûr que oui, Margaret, c'est vraiment cool de ta part, à tout de suite alors.

Tracy, qui espérait que John était au courant de son arrivée, ne pouvait pas s'attendre à mieux que ce que lui promit Margaret. Elle reprit aussitôt la route et continua son trajet avec un peu plus de baume au cœur.

En s'approchant du village, elle vit sur sa route un attroupement de policiers et de militaires, des véhicules militaires et de police, une zone protégée par des bandeaux de sécurité sur le bas-côté et des hommes habillés en blanc qui s'affairaient à l'intérieur. Arrivée à proximité, Tracy se trouva devant un panneau de déviation du seul itinéraire qu'elle connaissait pour se rendre à l'hôtel, contrainte d'emprunter une autre direction. Après quelques hésitations de parcours, un second panneau indiquait la direction du seul hôtel du village et arriva enfin, après quelques minutes, à sa destination.

Margaret, qui guettait sa venue, vint à sa rencontre et, à les voir s'embrasser et se cajoler, on avait l'impression qu'elles se connaissaient depuis l'enfance alors qu'il y avait à peine une semaine. Contrairement à son habitude, l'hôtel semblait bondé, ce qui amena probablement Margaret à poser une question à Tracy avec une pointe d'humour :

– Dans les bras de John cette nuit ou une chambre à part ?

Puis elle enchaîna :

– Finalement, tu partageras la mienne, car la quasi-totalité des chambres de l'hôtel est réservée, pas d'objection ?

Tracy lui fit signe de son consentement, elles se rendirent instantanément dans la chambre et entamèrent la traditionnelle séance de bavardage. C'est alors que Margaret apprit à Tracy :

Il y a un grand nombre de policiers qui a rejoint les collègues de John depuis une semaine, d'ailleurs, lui dit-elle, mon hôtel est occupé aux deux tiers par les policiers. D'après les rumeurs des gens du village, on avait découvert que la bâtisse louait des salles à une secte satanique qui pratiquait des messes et des sacrifices, et ce, grâce à la plainte d'une jeune femme, enceinte d'un bébé de huit mois, qui se disait avoir subi un avortement forcé par les adeptes de cette secte et que son bébé a été sacrifié sur l'autel lors d'une messe noire.

Pire, à l'entrée du village, les policiers ont retrouvé hier matin, les corps sans leur tête des deux zombis enlevés dernièrement, leur tête probablement décapitée et emportée par on ne sait qui ni pour quelle raison. Une fois les cadavres examinés par les médecins légistes de la police, ils se sont aperçus que sur chaque bras gauche des deux corps, il y avait une sorte de minuscule bouton, discrètement implanté sous la peau. L'un des médecins légistes avait extrait délicatement le bouton, le mit dans un sachet aseptisé et l'envoya aussitôt au laboratoire d'analyse de la police. Les deux corps ont été emportés par ambulance dans l'hôpital de la région.

Aujourd'hui, des experts de l'armée, accompagnés des policiers de la veille, sont retournés sur les lieux de la découverte des deux cadavres pour analyser le terrain et relever d'éventuels indices. Entre-temps, les cadavres des deux zombis ont été transférés de l'hôpital de la région vers un hôpital militaire, sur injonction du commandement de l'armée de la région.

Tracy écouta le récit de Margaret et s'interloqua en lui disant :

– Un aussi petit village entouré de tant de mystères et maintenant des évènements macabres carrément, les villageois doivent être dans le désarroi complet non ?

– Comme tu l'as si bien dit, le hic dans tout cela c'est que cette fameuse bâtisse, qui semble être à l'origine de leur angoisse, continue d'exercer ses activités suspectes sans la moindre contrainte des autorités.

–Et comme pour redorer leur blason et appâter les villageois, les responsables de la bâtisse n'ont pas trouvé mieux que d'organiser, pour ce samedi, un dancing avec entrée gratuite en faisant venir le plus réputé orchestre de la région. Ils avaient placardé partout des affiches pour annoncer l'évènement.

Margaret mima une danse en signe de moquerie qui fit rire Tracy, tout en se dirigeant vers l'accueil.

Il est bientôt midi, préfères-tu que nous allions déjeuner au restaurant comme la dernière fois ou commander une pizza sur place.

Sans même attendre la réponse, elle se rapprocha de Tracy et lui glissa discrètement à l'oreille : « mieux vaut aller au restaurant attitré de John et ses collègues, une chance de le rencontrer là-bas »

– Espèce d'entremetteuse ! répondit Tracy avec un large sourire suivi d'une bise.

– Je remonte me faire belle et te rejoins à l'accueil d'accord !

– Je vais me maquiller aussi, pour éviter ta concurrence déloyale ! répondit Margaret en simulant la rebuffade.

Une fois dans la chambre, Tracy tenta de joindre Ronald au téléphone, mais son portable semblait toujours éteint ; elle appela alors sa mère pour avoir des nouvelles de son compagnon. C'est toujours la même situation, il est isolé dans sa chambre, lui répondit-elle.

Les deux filles, après s'être pomponnées, partirent en voiture, en direction du restaurant. En cours de route, Tracy téléphona à sa mère comme d'habitude, et par là même, demander les nouvelles de son chien Bobby, laissé en pension chez elle. Immédiatement après avoir raccroché, Margaret essaya de délurer et encourager Tracy à appeler John en vain, elle avait trop de retenue morale pour oser le faire, lui rétorqua-t-elle. C'est ainsi que Margaret lui proposa un autre plan :

– Tu as sûrement le numéro de John, passe-le-moi donc.

– Je vais appeler John moi-même, prétextant de savoir s'il garde la chambre pour la semaine prochaine, et dans la discussion, je l'informerais que tu es ici, avec moi à l'hôtel, qu'en penses-tu.

– Tu es opiniâtre comme pas possible Margaret !

Attends d'arriver au restaurant, nous le trouverons peut-être, là-bas.

Margaret grommelant contre l'attitude de son amie qui était bien décidée à revoir John, mais n'entreprenait rien pour favoriser la rencontre, un paradoxe inexplicable à ses yeux.

Elles arrivèrent au restaurant. Margaret demanda au commis de salle une table en retrait, de préférence celle de la dernière fois qui était encore libre. John et ses collègues n'étaient pas encore là. Arriverait-il plus tard, se demandait Tracy, sa mine laissant apparaître sa contrariété. Le serveur proposa un apéritif aux filles, un cocktail maison pour son habituelle cliente et le même pour son invitée ; un apéritif fait maison qu'offre le restaurant à ses meilleurs clients et Margaret en faisait partie, car elle avait orienté le plus souvent sa clientèle de l'hôtel en leur recommandant ce restaurant. Les filles buvaient leur verre, les yeux presque rivés sur la porte d'entrée du restaurant, mais aucun de ceux qu'elles attendaient n'arrivait. Le serveur vint à table, débarrassa les verres et leur remit les cartes du menu. Après quelques instants, Margaret lui fit signe, il rejoignit à nouveau la table et nota leur commande. Margaret profita pour le questionner :

– Ils ne sont pas encore venus déjeuner mes clients de l'hôtel ?

– Non, je crois qu'ils ne viendront pas aujourd'hui, le chef de salle m'avait dit que je pouvais installer des clients aux deux tables qu'ils occupaient habituellement.

– Et saviez-vous pourquoi ?

– Franchement non, je vais demander au chef de salle de venir vous voir, peut-être aurait-il davantage de renseignements à vous fournir.

Cinq minutes plus tard, le chef de salle leur apprit que le groupe avait probablement quitté la région, car ils avaient payé leur repas de la semaine et chacun dit au revoir individuellement au personnel du restaurant ainsi qu'au patron.

Les filles déçues finirent hâtivement leur repas et retournèrent aussitôt à l'hôtel. Aucun doute, John avait bien quitté l'hôtel ; il avait libéré les chambres qu'ils occupaient pour repartir, selon les dires de l'hôtesse, à Los Angeles, car l'un d'eux lui avait communiqué l'adresse du district de police de cette ville ou envoyer la note de l'hôtel pour être payé.

Margaret avait l'air d'être vraiment déçue pour son amie. Quant à Tracy c'est le coup de marteau, elle pensait noyer ses soucis avec son compagnon Ronald en retrouvant John, ne serait-ce que pour se changer les idées et jauger l'homme qui l'attire aussi bien par sa gentillesse que pour son calme, son voyage dans cette perspective fut un fiasco. Elle s'efforça de contenir ses larmes et demanda à Margaret une chambre à part dans l'hôtel. Margaret comprit que son amie avait besoin de s'isoler, elle lui remit les clés d'une chambre. Tracy rejoignit sa chambre et s'affala larmoyant sur le lit.

Margaret jugea utile de laisser son amie seule un moment, et entreprit d'imaginer un autre programme, par exemple, une sortie, un spectacle ou quelque chose de ce genre pour lui changer les idées.

Deux heures plus tard, Margaret frappait à la porte de la chambre de son amie. Tracy ouvrit la porte, l'air exténué. Elles s'installèrent les deux sur le lit. Margaret enlaça son amie et la serra contre elle, tout en effleurant agréablement son cou et ses épaules ; Tracy, apaisée par les caresses de son amie, puis comme sous la dépendance d'une alchimie inexpliquée, elle ressentit une forte attirance physique, fixa des yeux langoureusement son amie, elle saisit ses deux mains qui effleuraient son cou et les déposa sur sa poitrine. À ce moment précis, le téléphone de la chambre sonna, c'était la fille de l'accueil qui appelait, sollicitant Margaret de descendre à la réception de l'hôtel à la demande d'un client. Margaret sortit pour rejoindre l'accueil laissant Tracy, extasiée par ce sentiment de plénitude qu'elle venait de ressentir pour la première fois. Quelque temps après, elle descendit retrouver Margaret dans le hall.

Les deux filles s'installèrent dans le salon de l'hôtel sous le regard suspicieux et acariâtre de l'hôtesse d'accueil. Tracy avait déjà remarqué, en passant devant, le regard dédaigneux de l'hôtesse sans en comprendre les raisons.

De doux regards s'échangeaient entre les deux filles, interrompus par l'interjection de Tracy :

– Bon, nous n'allons pas nous laisser abattre, il nous faut bouger, bouger et bouger !

– Justement, j'avais déjà pensé à ça, répliqua Margaret

– Regarde l'affiche à l'entrée de l'hôtel, je serais curieuse d'aller ce soir au dancing de la bâtisse, qu'en penses-tu ?

– C'est loufoque comme lieu, mais pourquoi pas, répondit Tracy.

– D'accord, nous partons dès maintenant chez la coiffeuse, nous reviendrons ensuite pour nous parer comme des princesses et manger quelque chose de léger dans le réfectoire de l'hôtel ; puis, à nous la décompression totale dans le milieu le plus insolite de notre village.

Ce qui fut dit fut fait presque à la lettre, les deux filles arrivent à l'entrée de la bâtisse, un décor festif contrairement au cadre rustique des jours précédents. Des hôtesses d'accueil gracieuses dirigent les convives vers la grande salle de dancing improvisée. Visiblement, deux grandes salles mitoyennes ont été assemblées formant ainsi une très grande salle avec au centre, une large piste de danse, des tables et chaises autour, une estrade au fond équipée de matériel de musique et des musiciens testant leurs instruments sans être incommodés par le brouhaha de la salle.

En traversant la salle à la recherche d'une table libre, Margaret était saluée au passage par quelques-uns des jeunes villageois qui la connaissaient. Mais elle n'était pas seule à bénéficier de ses honneurs, Tracy fut hélée du fond de la salle par une fille qui lui faisait signe de se joindre à sa table. Arrivée à hauteur, c'était en fait Jennifer, l'ingénieur informatique de la bâtisse, attablée avec d'autres employés qu'elle avait déjà vus lors de ses conférences en ses lieux.

— Je vous présente Mademoiselle Tracy OTHMAN, docteur en biologie qui assista à nos conférences de la semaine dernière.

— Tracy, vous me reconnaissez, j'espère ?

— Bien sûr que oui, Jennifer ; discrètement à l'oreille, elle lui dit : vous êtes celle qui convoitait, pour une raison prétendument professionnelle, mon homme Ronald n'est-ce pas ?

— Jennifer, tout sourire, prit par le bras Tracy afin de l'éloigner de la table et pouvoir ainsi discuter librement.

— Rassurez-vous, Tracy, je n'ai aucune prétention de convoiter Ronald. Nous nous étions rencontrés à deux reprises ici même, dans un cadre exclusivement professionnel, une fois en présence du directeur de l'établissement dans son bureau et une autre fois dans mon propre bureau, puis dans une brasserie du village.

– Ronald est doctorant en informatique comme moi, ce qui a facilité notre contact. Le directeur, en feuilletant les fiches des participants aux conférences, avait remarqué sa qualification. Il m'avait donc chargé de le contacter, car des centres de recherches scientifiques avaient missionné notre directeur de prospecter, parmi les assistants à nos conférences, les compétences susceptibles de les intéresser et Ronald était un candidat idéal. D'ailleurs, pour ne rien vous cacher, vous-même, en tant que docteur en biologie, êtes une candidature parfaite pour une éventuelle embauche ; nous en reparlerons plus tard si vous le voulez bien.

Tracy interrompue Jennifer :

– Ces centres de recherches, dépendent-ils de la bâtisse ?

– Non du tout, nous leur rendons simplement service en sélectionnant les futurs candidats qu'ils recherchent, car nous recevons énormément de personnes de haute compétence, amateurs de nos conférences.

– Et où se trouvent ces centres de recherches scientifiques ? reprit Tracy.

– Principalement deux, un en Californie et un autre en Algérie.

– En Algérie dites-vous ?

– Oui en collaboration avec les Algériens, car ce pays dispose d'un désert semblable à celui de la Californie, mais plus vaste.

– Les recherches en question concerneraient-elles les déserts ?

– Absolument pas probablement parce que ces lieux sont plus propices que d'autres, mais je ne connais pas les raisons de ce choix.

– En tout cas, je vous laisserai mes coordonnées si vous souhaitez postuler et franchement les salaires sont très intéressants, le travail lui-même enrichissant.

– Tracy, en son for intérieur, méditait sur le lien que pouvait avoir cette bâtisse, elle-même entourée d'étrangeté, les centres de recherches scientifiques qu'évoquait Jennifer ainsi que les démarches particulières du recrutement. Elle se demanda même si la bâtisse et ses prétendus Centres de recherches ne seraient qu'une seule et même entité. Jennifer l'arrêta dans ses réflexions en reprenant la parole.

– À propos de Ronald et moi, en dehors du cadre professionnel, souhaitez-vous vraiment que l'on reparle ?

Après accord, Jennifer se mit à lui raconter : la semaine dernière, Ronald, ne vous ayant pas trouvé à la sortie de son rendez-vous, était revenu me voir au bureau et insista à ce que nous allions boire un verre ensemble. Lors de l'entretien, son comportement était déjà équivoque et cela ne m'encourageait pas à accepter sa demande. Charmeur et bon parleur, il finit par me persuader et nous étions donc partis dans ma voiture vers une brasserie du village. Courant le trajet, je lui parlais d'informatique, des évolutions technologiques et des démarches pour son éventuelle embauche, mais c'était surtout pour empêcher ses gestes trop familiers. À la brasserie, il me semblait tellement euphorique dans son comportement qu'il me rappela tristement les symptômes de ma sœur qui souffre de troubles bipolaires, une maladie maniaco-dépressive qui alterne des phases exagérément euphoriques et inversement, des phases d'intenses déprimes. Au sortir de la brasserie, je lui proposais de le déposer à son hôtel, mais il s'obstina à revenir à la bâtisse au prétexte de récupérer sa voiture. Le retour fut éprouvant, Ronald intensifia ses avances et gestes déplacés jusqu'à user de sa force même pour me contraindre à satisfaire ses désirs. J'accélérais précipitamment la vitesse pour arriver au plus vite. Arrivé sur le parking de la bâtisse, il a fallu l'intervention des vigiles pour l'extirper de ma voiture.

Tracy émue ne savait quoi dire. Ses larmes avaient, tout au long du récit, effacé l'excellent maquillage, qu'elle avait fait avec soin pour plaire et se décompresser au cours de cette soirée.

Les deux filles regagnèrent la table et s'installèrent au côté des autres occupants.

Entre-temps arriva Margaret. Elle se dirigea droit vers Jennifer, la prend dans ses bras et l'embrassa longuement. A priori, elles se connaissaient déjà. Jennifer suggéra à Margaret et Tracy de s'asseoir avec elle. Elle demanda à un agent d'ajouter une table afin qu'elles puissent être ensemble. En guise de plaisanterie, Margaret ajouta :

– À une condition, rester ensemble d'accord, mais du champagne en abondance et aux frais de la princesse, ne sommes-nous pas en classe VIP avec toi ma chère Jennifer !

À peine quelques minutes, deux seaux de champagnes furent déposés sur les deux tables unies. C'est offert par l'établissement, dit le serveur en remplissant les verres qu'il précédait à chaque fois de la même question : Champagne sec ou brut s'il vous plaît ?

La musique venait de commencer. Un homme, le crâne rasé, une longue barbe et au teint amérindien se dirigea tout droit vers Jennifer pour l'inviter à danser, c'était le fameux directeur de la bâtisse, il salua Tracy qu'il reconnut, puis repartit main dans la main avec Jennifer sur la piste de danse pour inaugurer l'ouverture du bal. Deux autres jeunes hommes vinrent à la table, l'un d'eux invita Margaret et l'autre Tracy. Margaret accepta volontiers tandis que Tracy dédaigna l'invitation, une danse de slow n'était probablement pas sa tasse de thé comme on dit. Tracy était en train de noyer sa double peine du jour, l'échec de sa rencontre avec John et le récit que vient de lui faire Jennifer à propos de Ronald, elle était déjà à sa deuxième coupe de champagne. Une heure plus tard, malgré un défilé de jeunes et beaux garçons qui l'invitaient, elle n'avait jusque-là pas dansé une seule fois. Le champagne commençait à faire ses effets, elle était à sa quatrième coupe malgré les conseils de Margaret l'invitant à ralentir le rythme. À la énième invitation, par jalousie ou sous l'emprise de l'alcool, elle décida d'aller sur la piste de danse ayant vu Margaret et Jennifer se déhancher, des regards langoureux, les yeux dans les yeux, se caressant furtivement pour ne pas attirer les regards. Une fois sur la piste, elle se détacha de son cavalier, se mit péremptoirement dans les bras de Margaret en repoussant brutalement Jennifer. Les filles s'aperçurent de son état d'ébriété et ne furent ainsi pas cas de cet incident. Margaret ramena Tracy titubante jusqu'à la table et l'assit sur une chaise auprès d'elle. Les attitudes inconvenantes de Tracy allaient crescendo, Margaret décida de la raccompagner à l'hôtel peu avant la fin de la soirée. Elle l'installa sur son lit. Tracy continua à marmotter et élevait parfois sa voix en criant les mots qui reflétaient sa profonde tristesse : < Des salauds, tous pareil > elle s'endormit, éreintée sous l'effet de l'alcool.

Elle se réveilla exténuée l'après-midi, rassembla ses affaires ainsi que celles de son chien que lui avait remises précédemment Margaret, descendit à l'accueil, paya sa note et se dirigea droit vers sa voiture pour retourner chez elle à Los Angeles. Prise de remords en cours de route, elle s'arrêta à une station d'essence et téléphona à Margaret puis à Jennifer pour s'excuser de son comportement de la veille, promettant de les revoir à la prochaine occasion.

VIII

Le soir alors qu'elle venait à peine de s'affaler sur son lit sous l'effet conjugué de sa soirée arrosée et du trajet de retour, son portable, déposé à côté d'elle sur le lit se mit à vibrer ; elle le saisit nonchalamment, c'est John, s'époustoufla-t-elle. Vais-je répondre ou pas, se disait-elle ; après mûre réflexion, elle laissa sonner l'appel tant attendu avec néanmoins la volonté de le rappeler plus tard. Elle se disait < j'avais dédaigné son invitation une première fois justement pour ne pas la gâcher, car j'étais contrariée du comportement de Ronald à la bâtisse et voilà que mon état actuel ne serait pas propice non plus, elle rappellera John pour lui proposer, s'il s'agit bien d'une invitation, la date de demain soir, le temps de me requinquer et être ainsi dans une meilleure disposition physique et morale. Peu de temps après, son mobile vibra une seconde fois, c'est à nouveau John, elle se précipita pour répondre.

– Bonjour Tracy, quelle joie de t'avoir enfin.

– Bonjour John, une joie plus que partagée, tu es toujours vivant ?

– Non, tu parles à mon spectre ?

– Ce n'est pas grave, je parlerai à ton fantôme, en attendant le John en chair et en os, répondit-elle, suivi d'un éclat de rire.

John lui expliqua, que son neveu lui avait effacé son répertoire et qu'il vient de récupérer son numéro auprès de l'hôtesse d'accueil de l'hôtel.

– C'était Margaret !

– Non, son autre collègue

– Elle ne t'a rien dit d'autre ?

– Non pourquoi ?

– Figure-toi que j'étais ce matin là-bas pour récupérer des affaires de Bobby et surtout pour te revoir comme promis, mais tu n'y étais plus.

– Vraiment dommage de rater cette chance, je suis actuellement au commissariat de Los Angeles, tu serais libre ce soir ?

– Hélas non, pas aujourd'hui, mais demain sûr.

– Promit Tracy, je meurs d'envie de te revoir, D'accord pour demain alors ?

– Oui, dès demain matin promis.

Tracy éprouva une telle joie qui allégea sa fatigue, sa sieste de récupération fut courte. Revigorée, elle téléphona à sa mère, c'est son père qui répondit.

– Comment va ma fille chérie ?

– Bien papa. Et toi et maman aussi ?

– Oui, j'ai une révélation importante à te faire, tu ne pourras jamais l'imaginer, ma fille !

– Vite papa, c'est quoi ?

– Figure-toi que John en personne est en ce moment même à la maison.

– Papa, tu plaisantes, je ne te crois pas. Passe-moi maman ?

– Bonjour, ma fille effectivement John est bien avec nous

– Ce n'est tout de même pas pour une demande en mariage ?

– Peut-être pas, je te rappellerais plus tard

– D'accord maman, regarde-le bien, pour me dire ce que tu en penses.

En fait, John était passé au commissariat où il travaillait sous l'autorité du père de Tracy, ancien commissaire de police. Il réussit à obtenir son numéro de téléphone et l'appela pour lui demander conseil. Le père de Tracy disponible lui proposa alors de venir à la maison.

Après quelques échanges en souvenir des meilleures missions policières qu'ils accomplirent ensemble du temps ou le père de Tracy était son patron, John lui révéla, à propos de la bâtisse, les obstacles qu'il rencontrait pour accomplir sa mission.

Il avait été dessaisi des enquêtes sur la bâtisse alors qu'ils étaient, lui et son équipe, sur le point de découvrir les structures et les activités secrètes dans cet édifice. La hiérarchie leur avait demandé d'abandonner le terrain d'investigations et de regagner immédiatement le commissariat de leur affectation respective, sans autre explication.

Depuis deux jours, ils se heurtaient, lui et ses collègues, à des enquêteurs de l'armée et ceux de la CIA qui les expulsèrent du lieu où avaient été trouvés les cadavres sans tête des deux zombis mutilés et leur interdirent même l'accès aux rapports médicaux.

John envisage de démissionner de la police et se faire engager par un important bureau de détectives privés qui lui avait déjà fait une offre d'embauche. C'est à ses yeux, disait-il, un devoir de continuer ses enquêtes sur cette fameuse bâtisse et révéler ainsi ce qui se cache derrière cette entité.

Le père de Tracy l'écoutait attentivement puis :

– Tu sais John, quand on fait partie de la police, on se doit d'exécuter les ordres de la hiérarchie, car elle peut se trouver elle-même contrainte d'appliquer des décisions incongrues pour raison d'État et c'est ce qui semble être le cas.

– Cette région où tu effectuais les enquêtes a toujours été entachée de mystère et d'activités suspectes et, chaque fois que les enquêtes étaient sur le point d'aboutir, elles furent escamotées par des lobbies privés ou gouvernementaux.

– Il y a de cela cinq ans, avant que tu ne fusses affecté à mon service, nous avions mis la main sur un étrange tract de deux pages qui fut distribué dans toute la région, émanant d'un supposé être suprême aux multiples noms religieux et qui prévenait, entre autres, contre les abus des sciences comme la manipulation génétique, les neurosciences, la transgenèse, etc. Chose encore plus étrange, la fréquentation des églises avait augmenté de 30 % dans la région.

– Je crois avoir encore un exemplaire, je te remettrais une copie avant que tu ne repartes.

– Concernant ta démission, tu dois choisir là ou ton intérêt financier et promotionnel est le plus avantageux.

– Être obstiné à continuer les enquêtes sera un point d'honneur, mais prends garde ; s'attaquer aux mastodontes que sont l'état et les lobbies n'est pas sans risque pour toi.

Les deux hommes discutaient, tandis que la mère évaluait l'homme dont sa fille était éprise. Elle le trouvait moins beau que Ronald, mais plus réfléchi et, plus rassurant, corps athlétique, des manières et des gestes bienséants, marque d'une bonne éducation. Conclusion : il plaît à la mère, mais la fille n'est pas libre. De surcroît, elle éprouve de l'affection pour Ronald et elle est également assez proche de ses parents.

Alors que John s'apprêtait à s'en aller après avoir remercié les parents de Tracy pour leur accueil et particulièrement le père pour ses informations et conseils, Tracy qui ne put résister à la tentation de revoir John avant leur rendez-vous de demain arriva avec une mine bichonnée qui ne laisse aucune trace de sa fatigue. Bobby, son chien, qui avait senti sa présence avant même qu'elle ne rentre, se précipita sur elle sans lui laisser le temps d'embrasser ses parents et saluer John.

La mère remarqua le regard complice de Tracy et John au moment où ils faisaient semblant de se serrer la main plutôt qu'une bise ; elle invita John à prendre un apéritif avant de repartir, à ce moment même, un autre regard complice, mais entre la mère et sa fille cette fois-ci, Tracy s'empressa d'embrasser affectueusement sa mère comme pour la remercier de son initiative.

Les deux hommes s'installèrent à table alors que les femmes se dirigèrent tout droit vers la cuisine, le confessionnal improvisé de la mère et sa fille. Les discussions n'étaient pas sur un même thème, les hommes se remémoraient leur souvenir professionnel alors que la mère et sa fille parlaient de sentiments et d'affaires de cœur.

Ils se retrouvèrent ensemble attablés dans le salon, sur des fauteuils assez confortables. On aperçoit dans les murs, un imposant tableau, une photo encadrée du père, en tenue d'officier de police, juste à côté, une bibliothèque assez fournie de livres et une vitrine réservée aux photos de Tracy bébé ou adolescente et quelques-unes du mariage de ses parents.

— John, te souviens-tu du brigadier-chef de la section des mineurs ?

– Oui

– Figure-toi que j'ai toujours la bouteille de bourbon millésimé qu'il n'avait offerte, car je n'avais pas pu assister à son mariage, nous allons boire quelques verres en son honneur.

– Et toi, John, ta femme est toujours dans la police ?

– Euh, oui

John gêné, la mère satisfaite et soucieuse à la fois de cette réponse. Elle se disait, dans son for intérieur, que cela éviterait ainsi la rupture de Ronald et Tracy, mais elle redoutait aussi les conséquences de cette révélation sur sa fille.

Quant à Tracy, c'est un véritable couperet qui vient de trancher ses espoirs avec cet homme. La mine décomposée, un regard hagard vers John, elle se leva aussitôt de table :

– Zut, j'ai oublié de fermer la porte de chez moi, j'y retourne vite.

Elle ajouta, au bord des larmes :

– Excusez-moi, Maman, je reviendrai chercher Bobby demain.

Tracy sortit de la maison en sanglot, sa mère tenta de la rattraper, mais trop tard, la voiture de sa fille n'était plus à sa place.

La mère revint au salon. Elle tenta de minimiser l'évènement.

— Ma fille, c'est vraiment une tête en l'air, ce n'est pas la première fois que cela lui arrive.

John, qui attendait une moindre occasion pour s'en aller

— Vous savez, Madame, cela arrive à beaucoup de gens.

— Merci en tout cas pour votre sympathique accueil, je dois partir à mon tour.

Il quitta les parents et, à peine sorti, il téléphona à Tracy. Il doutait bien qu'elle ne lui réponde pas, mais il insista avec persévérance une dizaine de fois en vain. John était persuadé et, à juste titre, que Tracy avait mal interprété la réponse donnait à son père. En effet, le père de Tracy lui demandait si sa femme était toujours dans la police, mais le départ précipité de Tracy ne lui laissait aucune chance de s'expliquer s'il était encore marié ou pas avec sa femme.

Il emprunta le métro pour retourner à son hôtel, profita de sa place assise pour lire le fameux tract que lui remit le père de Tracy, son ancien patron de police, que voici :

« Plus vous évoluez en technologie et en science, plus vous ne feriez que prouver mon existence, moi l'être suprême, ce créateur que vous nommez à votre guise Yahvé, Dieu ou Allah.

Vos aïeux comptaient en saisons, en siècles et en millénaires, ils ignoraient la notion d'espace-temps et les années-lumière. Quel âge a votre terre, à votre avis, si je l'avais créée à partir d'une autre planète à des années-lumière d'ici ?

Je vous ai créé, de chair et d'esprit, le contesteriez-vous alors que vous-mêmes, aujourd'hui, en manipulant vos gènes et vos neurones, vous produisiez l'équivalent de vos semblables aussi.

J'ai créé le registre de vos actes en bien et en mal. N'êtes-vous pas capables aujourd'hui de consigner vos moindres faits et gestes dans d'immenses bases de données informatiques consultables à volonté et à tout moment ?

Les anges et démons invisibles qui vous surveillent ou vous tentent, n'êtes-vous pas parvenu à vous rendre également invisible en utilisant les techniques de permutation des lumières ultraviolets et infrarouges ou encore des matières récupérées sur des météorites tombées du ciel ?

L'enfer et le paradis, n'ai-je pas créé des planètes ardentes et d'autres, verdâtres et fleuries. Et vous, vous aviez certes créé un enfer grâce à votre prolifération nucléaire, mais comptiez-vous inventer l'équivalent d'un paradis ?

J'ai doté la nature de plusieurs éléments puissants tels les volcans, la foudre, l'eau, la pluie, le vent. Vous aviez inventé des armes et des munitions ravageuses, mais seriez-vous capable d'égaler la force de la nature ?

Regardez le ciel, le chef œuvre de votre créateur. Les milliards d'étoiles et planètes du cosmos alors que vous ne représentez qu'un tout-petit élément de cet univers. Je vous ai doté à peine de 10 % d'intelligence et vous voilà déjà en quête de la puissance de votre propre créateur.

Soyez modestes dans vos ambitions. La soif du pouvoir, de l'argent et les dérives charnelles vous y gagnerez plus en les remplaçant par l'amour de vos semblables, l'entre-aide, le partage et le respect de la chair, car vous ne serez jamais éternels. »

En lisant, le tract, John s'aperçut que le contenu était exactement dans le même état d'esprit que la conférence que proposait et propose encore la bâtisse sous le titre de « Le Créateur », puisqu'elle est toujours au programme.

Tracy arriva chez elle. Jamais le trajet, d'à peine deux kilomètres, ne lui parut aussi loin que cette fois. La question de son père et la réponse de John à propos de sa femme tournaient en boucle dans sa tête. Au bord d'une crise, elle tenta difficilement de maîtriser cette angoisse. Elle se dirigea vers sa petite boîte à pharmacie, préleva deux comprimés d'antidépresseurs, les avala avec une gorgée d'eau puis s'allongea sur le canapé du salon. Son téléphone sonne, c'est sa mère, sans autre commentaire, elle lui posa une simple question :

– Tu veux que je vienne chez toi, ma chérie ?

– Non, ça ira, ne t'en fait pas maman, ça va passer

Puis Tracy éclata en sanglots au désarroi de sa mère qui l'écoutait en direct sans dire un mot.

– Je suis malheureuse maman, je suis à bout, je n'en peux plus.

– Tracy, ma chérie, j'arrive

– Je t'aime maman. Ne t'inquiète pas, j'ai déjà pris deux cachets et ça va passer, je te jure que ça ira mieux.

– Je vais m'assoupir, les cachets commencent à faire leur effet, je te rappellerai plus tard maman, je t'aime.

La mère soucieuse pour sa fille voulait être auprès d'elle, mais pas contre sa volonté. Elle sait par habitude si Tracy avait réellement besoin d'elle, elle le lui aurait dit sans détour.

Malgré les comprimés, elle passa une nuit cauchemardesque en s'agitant jusqu'à tomber du canapé en plein milieu de la nuit. Réveillée le lendemain, elle ressassait encore sa mésaventure.

Le matin, sa mère lui rendit visite. Tout de suite après l'ouverture de la porte, Bobby qui l'accompagnait sautillait comme un fou pour être pris dans les bras de sa maîtresse. Elles s'asseyaient sur le canapé du salon et discutèrent un bon moment puis la mère, habituée des lieux, partis en cuisine pour préparer un petit-déjeuner, elle connaît aussi le déjeuner préféré de sa fille : des légumes et céréales cuits dans la poêle, un œuf et des tranches d'avocat saupoudrées de graines de sésame. Bobby, allongé sur le ventre de sa maîtresse, se faisait dorloter. Quand elle caresse son chien, disait-elle, c'était comme une pause lénifiante. D'appétissantes odeurs venaient chatouiller agréablement les narines, la mère ne tarda pas à déposer le plateau garni.

Tout en déjeunant, la mère suggéra à Tracy que dans son état, il serait préférable de ne pas aller à son travail et demander carrément un congé de quelques jours pour se remettre de ses rudes épreuves.

– Maman, tu as des nouvelles de Ronald et de ses parents ?

– Oui, par plus tard qu'hier midi. Ronald traverse en ce moment des périodes difficiles et ils se soucient beaucoup de sa santé.

– Mais, pourquoi, me demandes-tu ça, tu ne l'appelles pas ?

– Si maman, il ne veut pas me répondre. J'avais appelé sa mère également, elle m'avait suggéré de patienter.

La mère de Tracy esquivait les questions à propos de Ronald. Les mères du couple sont très proches, à la voir agir ainsi, on pourrait supputer qu'elle sait bien plus que sa fille sur la maladie de son compagnon.

Le portable de Tracy retentit, c'était John, elle laissa sonner.

– Tu ne réponds pas.

– Non, maman, c'est un appel inconnu

– Bon, ma chérie, je vais y aller ; tu restes chez toi et ne cogites pas trop, ça va s'arranger, ma belle.

– Maman, tu es la meilleure des mères, je t'aime

Tracy se leva, entoura de ses bras longuement sa mère, sa tête accolée à la sienne. Un moment affectif intense, qui donnera, un tant soit peu, de la ressource à Tracy.

Sa mère est, à ses yeux, sa meilleure consolatrice, néanmoins Tracy sentit le besoin de parler à une fille de son âge et se confier sans retenue afin d'expulser cette tension interne qui la range. Elle pensa à Margaret. Sans tarder, elle l'appela aussitôt :

– Bonjour Margaret

– Oh Tracy, je m'apprêtais à t'appeler justement

– Margaret, je suis vraiment désolée pour ma conduite de la dernière fois, je ne sais pas ce qui m'était arrivé pour en arriver à cet état-là.

– Ne t'inquiète pas Tracy, c'est déjà oublié. La déception de John t'avait trop contrariée, c'est pour ça.

– Justement à propos de John, je viens d'apprendre qu'il était marié avec une policière comme lui, tu imagines ?

– J'en étais presque certaine, c'était sûrement la femme qui était venue avec lui à l'hôtel plusieurs fois et qu'il voulait nous faire passer pour une collaboratrice le goujat !

– Et dire que j'étais naïve pour ne pas croire ta version Margaret.

– Elle était comment cette femme, belle, moche, svelte, grosse… ?

– Bof, elle n'était pas aussi belle que toi en tout cas, en plus, habillée comme un plouc.

– Margaret, je n'ai même plus le courage d'en rire, je suis vraiment à bout, tu sais.

Tracy, pleurs et gorge serrée, raconta à Margaret ses déboires : Ronald malade, John marié, son mal-être et maintenant, son manque de confiance dans les hommes en général.

Margaret, lui remonta le moral comme elle a pu et lui proposa même de venir la voir, si besoin, à Los Angeles.

Dans la foulée, Tracy téléphona également à Jennifer. Elle s'excusa à nouveau pour l'incident malheureux au cours de la soirée dancing à la bâtisse. Elle profita pour lui poser quelques questions à propos de sa candidature éventuelle en référence à ce qu'elle lui avait proposé dernièrement.

– Jennifer, tu m'avais parlé de ma candidature éventuelle pour le poste de biologiste, j'aurais juste besoin d'avoir quelques renseignements, tu peux ?

– Mais attention, Jennifer, ce n'est vraiment que pour de simples renseignements, je n'ai rien décidé et le poste que j'occupe actuellement me satisfait amplement.

– C'est dommage Tracy, car tu as franchement le profil type du poste et les centres de recherches recrutent en permanence. La démarche est simple. Je te prends un rendez-vous avec notre directeur qui, après l'entrevue, transmettra ton dossier de candidature à un des centres de recherches. Tu seras à nouveau convoquée pour la signature de ton contrat.

– Tu as une idée du lieu de travail et des salaires ?

– Le premier centre est en Californie, je ne pourrais pas te dire la ville pour des raisons de sécurité.

– Le second est en Algérie, dans un lieu proche de la ville de Tamanrasset, en plein Sahara algérien, un peu comme notre désert californien, mais en plus grand.

– Les salaires mensuels sont de 13 000 $ pour le premier poste et 15 000 $ le second avec une prime d'expatrié de 2 500 $ également chaque trimestre en plus du salaire.

Tracy griffonna sur un bloc-notes à portée de main, le montant des salaires ainsi que le nom de la ville du centre de recherche en Algérie. Elle remercia Jennifer lui promettant de se revoir un jour.

Elle téléphona en dernier à son employeur pour le prévenir de son absence. Bien vu par sa hiérarchie, elle formula une demande de congé pour neuf jours, soit intégralement son droit à congé annuel de l'année dernière qui fut acceptée verbalement et sans autre démarche.

Tracy avait ainsi décidé de suivre les conseils de sa mère, un farniente de quelques jours pour se remettre.

Sa mère venait quasiment chaque jour la voir, s'occupait des tâches ménagères, lui préparait de bons plats tandis que son chien Bobby avait élu domicile aux côtés de Tracy, sur le canapé, attendant la moindre occasion pour se mettre sur les genoux ou le ventre de sa maîtresse.

Tracy, qui s'attendait à revoir Ronald au domicile ces derniers jours s'étonna de son absence continue. Elle s'apprêtait à l'appeler à nouveau quand sa maman l'interrompt.

– Bon, ma chérie ce n'est pas pour ajouter à ton malheur, mais je me dois de te dire la vérité.

– Ronald est hospitalisé depuis une semaine et cela risque d'être pour un certain temps.

– Sa mère et moi avions caché sa maladie pour préserver votre couple.

– Les examens ont révélé qu'il était bipolaire, une saloperie de maladie maniaco-dépressive qui lui empoisonne la vie et ta vie aussi d'ailleurs.

– Tous ses isolements volontaires, ses infidélités, ses changements d'humeur sont la conséquence de cette horrible maladie.

– Nous sommes, sa mère et moi, certaines qu'il t'aime ; il faut t'armer de courage et de patience hormis ses périodes de crise d'euphories ou de dépression.

Cela semblait confirmer ce que lui révéla Jennifer qui elle aussi avait une sœur bipolaire.

– Maman, dans combien de temps peut-on espérer la guérison de Ronald ?

– Les médecins disent que cela peut guérir dans quelques mois comme elle peut durer toute la vie du patient.

– Les médecins disent aussi, hormis ses périodes de crise d'euphories ou de dépressions, le malade se comportera dans la vie normalement.

Tracy s'empara de son smartphone et entra le mot « maladie bipolaire » dans le moteur de recherche. Parmi ses cours de biologie, cette maladie fut succinctement évoquée comme étant due à une vulnérabilité génétique et des facteurs environnementaux, elle voulait néanmoins approfondir le sujet.

John avait signé son contrat avec l'un des grands cabinets de détectives privés. L'enquête sur bâtisse les intéressait au plus haut point, ils ne lésinèrent pas sur les moyens à mettre en œuvre pour que John puisse accomplir sa mission.

Trois détectives chevronnés et une biologiste seront bientôt embauchés ; un budget pour les frais annexes de départ de 10 000,00 $ avec un possible ajustement à la hausse si la mission le nécessite. Ils séjournaient dans un hôtel plus cossu que celui de Margaret à quelques kilomètres plus loin. John ne cessa de penser à Tracy, il jugea préférable de faire la passe pour le moment, laisser du temps au temps, disait-il.

Passé une semaine, John, ses compagnons détectives et Marylin la fausse conjointe biologiste qui infiltrait la bâtisse se réunirent pour un briefing.

La bâtisse abritait bel et bien trois centres de recherches scientifiques où se pratiquaient des expériences, l'un spécialisé en neurosciences, le second en biologie moléculaire, le dernier était consacré strictement à des recherches militaires. Il y avait également, des résidences, un lieu de vie où habitaient les chercheurs et le personnel ainsi qu'une salle de sport adjacente. Une véritable ville sous terre à laquelle on accédait par la modique entrée de la bâtisse qui dissimule ces activités secrètes. Le directeur de la bâtisse et Jennifer étaient en fait à la solde de ces centres de recherches souterrains puisque c'était par eux que fut embauchée Marylin, la biologiste présumée être, comme prévu, l'épouse de John. Le directeur, lors des précédentes discussions entre John et lui à propos de ce recrutement, était plutôt réticent, mais finit par changer d'avis, vu que les compétences et les références de la biologiste étaient convaincantes.

Reste, disaient-ils, lors de cette réunion, à connaître la nature exacte des recherches, sur quoi se pratiquaient les expériences et enfin, sous quelle autorité militaire ou privée s'opéraient-elles. Il faudrait également réfléchir à un modus operandi et le soumettre à l'approbation de sa hiérarchie. La biologiste, qui procédait aux repérages des lieux, soulignait l'étendue de la structure, l'accès sévèrement contrôlé par des badges d'accès et la surveillance permanente des lieux par des vigiles.

John fit un compte rendu détaillé au cabinet de détectives qu'il remit à son responsable hiérarchique. Une alternative quasi incertaine, celle par voie légale, car aucune preuve ne pouvait justifier une perquisition par décision judiciaire. La seconde dépendra de l'ingéniosité des détectives pour s'introduire, se déployer à l'intérieur et élaborer leurs actions en étant sur les lieux mêmes des investigations.

En l'état actuel, Marylin la biologiste pouvait certes accéder à la bâtisse en tant qu'employée, mais, à part le repérage des lieux et éventuellement ce qui se passerait à l'intérieur du service auquel elle était affectée, elle n'avait pas la compétence d'un vrai détective. Il fallait donc trouver un moyen de se procurer des cartes d'accès pour les détectives et, si possible, des complicités à l'intérieur pour les aider dans leurs missions.

Dans ses précédentes missions en tant que policier, John avait remarqué que Margaret la fille de l'hôtel et Jennifer, qui joue un rôle prépondérant dans la hiérarchie de la bâtisse, entretenaient des relations intimes entre elles. Mais Margaret accepterait-elle de corrompre son amie pour se procurer des badges d'accès aux détectives moyennant une somme d'argent de la main à la main ? Il pensa également à Ronald qui s'était approché de Jennifer pour la séduire et là encore, aurait-il un pouvoir influent sur celle-ci pour également la pervertir ?

John réfléchissait, à comment introduire les détectives, à 'intérieur. Un de ses anciens collègues de la police lui fit part de la conclusion du laboratoire de polices à propos de l'analyse des implants dans les bras des zombis, une puce enrobée d'une matière organique et contenant des données binaires. En gros, les analystes informatiques sont arrivés à la conclusion que cette puce envoyait des pulsions bioélectriques probablement à une autre puce d'interface, contenue dans l'organe des zombis, tel une partie du cerveau par exemple lui imposant ainsi un comportement ou une action à accomplir indépendamment de sa conscience. Toutefois, pour vérifier cette hypothèse, il aurait fallu retrouver une des puces implantées probablement dans les têtes disparues des zombis.

En corroborant les enquêtes, il est quasi certain que les manipulations opérées sur les corps de ces deux zombis avaient été faites dans la bâtisse. Par ailleurs, l'enlèvement des zombis, celui de l'hôpital et l'autre déambulant dans le camp de Slab dwelling furent organisés par un gang dont les membres avaient séjourné, précisément pendant cette période, dans un hôtel de la région. On suppose également que c'était ce même gang qui avait décapité et soustrait les têtes des zombis pour que l'on ne découvre pas les implants électroniques dans ces parties du corps. Reste à savoir pour le compte de qui ce gang travaillait. Est-ce des centres scientifiques privés qui sont à l'origine de ces manipulations génétiques ou l'armée avec une forte présomption pour cette dernière pour la bonne et simple raison que c'était à l'initiative de la hiérarchie militaire que les policiers ont été dessaisis de l'enquête et que les corps sans tête des zombis ont été transférés, à sa demande, dans un hôpital militaire.

Autre révélation, Margaret, la fille de l'hôtel, faisait partie de la secte satanique qui organisait des messes noires les vendredis soir dans une salle louée dans la bâtisse et que Jennifer l'était vraisemblablement aussi.

Ces révélations ne font que confirmer les supputations de John depuis le début, dans l'implication de la bâtisse. Quant à Margaret et Jennifer, il pensa à une autre stratégie, tenter de corrompre Jennifer pour obtenir des badges d'accès.

Son collègue, qui avait constaté la présence de Margaret à la messe noire satanique dans ses premières enquêtes, s'était rapproché d'elle pour lui soutirer quelques informations et tenta de la séduire ; elle lui proposa même d'assister à une soirée initiatique s'il le souhaitait. Ne serait-il pas mieux de se faire parrainer par Margaret pour assister à une messe noire afin de pouvoir soustraire les clés du bureau de Jennifer, récupérer quelques badges auxquels il suffirait d'ajouter les photos et les noms des détectives.

IX

Tracy, moins éprouvée par ses mésaventures amoureuses, n'en demeure pas moins amoindrie sentimentalement et envisage même de changer d'horizon.

Décision réfléchie ou sous l'emprise de la déception, elle téléphona à Jennifer pour lui confirmer son intérêt pour la proposition d'embauche en optant pour le poste dans le deuxième centre de recherches en Algérie. Lors du traditionnel appel téléphonique à ses parents, elle interrogea son père à propos de la ville de Tamanrasset :

– Papa, tu connais la ville ou le village de Tamanrasset en Algérie ?

– Vaguement ma fille

– C'est pourtant ton pays d'origine ?

– Oui, mais je suis parti jeune de là-bas…

– Ce dont je me souviens c'est que c'est dans le grand désert Algérien.

– Mais pourquoi, me poses-tu cette question, pour me tester encore n'est-ce pas ?

– Non, papa, je passerai vous voir ce soir, nous en rediscuterons d'accord ?

– D'accord, à ce soir ma fille.

Le soir venu, du simple renseignement demandé à son père à propos de la ville de Tamanrasset en Algérie, Tracy évoqua avec ses parents la possibilité de signer un contrat de travail avec un centre de recherches scientifiques situé dans cette ville. Ses parents savaient que son couple vacillait avec Ronald, mais pas au point d'envisager un changement radical et une destination si lointaine. Ils essayèrent de la dissuader en vain.

– Maman et papa, vous êtes pour moi les plus chers au monde et je vous aime plus que tout.

– Mon départ, s'il se concrétise, sera juste pour un contrat d'une année, le salaire est trois fois plus que celui que je perçois aujourd'hui et cela me permettra de m'acheter un petit appartement à moi seule.

– Cela me permettra aussi d'acquérir plus de connaissance et d'adaptation aux nouvelles technologies, car ce centre de recherches dispose de nombreux atouts en la matière.

– Et puis, je bénéficierais d'une prime d'expatrié et un congé d'une semaine tous les trois mois, je reviendrai ainsi vous voir.

– Tu sais ma fille (le père essayant de la décourager), je me suis renseigné entre-temps sur Tamanrasset, c'est une ville aux confins du désert algérien ou la chaleur peut atteindre jusqu'à plus de 50 degrés, des chameliers Touaregs d'un autre monde et d'une autre culture. Il y a aussi beaucoup de terroristes qui sévissent dans la région, ils enlèvent les Occidentaux qui leur tombent sous la main.

– Mon papa, tu es originaire de ce pays qu'est l'Algérie et pourtant j'apprends davantage sur ce pays par les gens que je côtoie que par toi.

– Écoute-moi bien papa, car ce que je pourrais t'apprendre à l'avenir sur ton propre pays sera payant d'accord !

– D'abord Tamanrasset d'aujourd'hui c'est deux cent mille habitants, une ville moderne, des hôtels de grande classe qui pullulent dans et autour de la ville, des climatiseurs installés partout, même dans les tentes des nomades avec des panneaux solaires.

– Question sécurité et terrorisme, l'armée algérienne, la deuxième puissance d'Afrique a quasiment éradiqué les rebelles dans cette région géostratégique. D'ailleurs, l'armée américaine est implantée aussi dans les pays limitrophes. De plus, l'Algérie et les États-Unis d'Amérique possèdent en commun des équipements d'observation sécuritaire et des centres de recherches.

– En plus, le Tassili et le Hoggar, à quelques kilomètres de la ville, sont une merveille de la nature, un relief escarpé composé de pitons, de falaises de basalte et de porphyre qui, comme par magie, attire des météorites tombant du ciel depuis des siècles. Les scientifiques, semble-t-il, seraient persuadés que l'amalgame de ces matériaux disparates donnerait naissance à de nouvelles prouesses technologiques qu'ils sont en train d'explorer d'ailleurs.

– Et enfin, une civilisation qui laissa les traces de sa présence il y a plus de six mille ans avec des dessins rupestres à même les roches, dignes de nos tableaux de maîtres contemporains.

Le père, impressionné par ce que vient de lui dire sa fille, renonça presque à la détourner de son projet. Il lui promit même qu'il consacrera dorénavant du temps pour réapprendre à connaître son pays et son histoire. Quant à la mère, elle attrapa la main de sa fille pour se diriger vers la cuisine, leur lieu de confidence :

– Je te comprends ma fille chérie, mais ce n'est pas la bonne décision ; le comportement malade de Ronald est certes pénible à supporter, mais ne renonce pas, je sais que Ronald t'aime et que tout cela, c'est malgré lui.

– Maman, Ronald c'est l'homme que j'ai réellement aimé et je sais maintenant que ce que j'ai enduré avec lui n'était pas de sa faute.

– Mais comprends-moi maman, avec ou sans lui, j'ai vraiment besoin de prendre du recul, juste pour une année.

– Et puis tu sais, maman, avec les nouvelles techniques à acquérir dans ce nouveau travail, je pourrais peut-être l'aider à s'en sortir de sa maladie ?

– Donc, ta décision est définitive, ma fille ?

– Oui, maman.

– À propos de Ronald, il ne répond toujours pas au téléphone, tu as des nouvelles par ses parents

– Oui, sa mère me téléphone souvent, elle me disait que pour des besoins thérapeutiques, il est totalement isolé dans la clinique, pas d'appels ni de visites.

Le collègue policier de John et Margaret, l'hôtelière avaient convenu de se retrouver ce vendredi après-midi à son hôtel. Séduite par son humour et confiante, elle accepta de le parrainer pour assister à la messe satanique de ce soir à la bâtisse.

Le policier qui logeait à l'hôtel de Margaret pendant ses précédentes missions savait qu'elle n'était pas insensible à son charme et qu'ils faillirent s'embrasser sans la venue impromptue de Jennifer, l'amie de Margaret.

– Margaret, tu vois toujours Jennifer ?

– Bien sûr, nous allons toujours ensemble à la messe, d'ailleurs ce soir, elle y sera aussi.

Le policier pensait qu'il serait judicieux de favoriser une rencontre préalable avec Jennifer, ce qui facilitera plus le contact avec elle pour le reste de sa mission. Lors d'une précédente rencontre, Jennifer faisait sciemment les yeux doux au policier, Margaret ne semblait pas dérangée pour autant et invita son amie à un dîner avant de se rendre tous les trois à la messe.

Arrivé au restaurant, le policier choisit volontairement le siège près de celui de Jennifer. Il se disait, l'introduction à la messe noire était acquise grâce à Margaret, il va valoir maintenant sympathiser, voire courtiser Jennifer, créer des conditions favorables pour qu'il puisse facilement lui soutirer, le moment venu, les clés de son bureau. C'est alors qu'il commençait à joindre, discrètement sous la table, ses jambes à celles de Jennifer, les caressant par moments en se baissant pour ramasser la serviette qu'il fit tomber volontairement. Margaret faisait mine de ne rien voir. En fait, elle était de mœurs débridées tout comme son amie Jennifer, un point commun qui les unissait d'ailleurs pour fréquenter les messes sataniques et participer aux orgies qui s'y pratiquent.

À la sortie du restaurant, alors que Margaret était à la caisse pour payer l'addition, Jennifer attira le policier dans un coin et lui fit un langoureux baiser ; le policier surpris et satisfait à la fois s'adonna volontiers.

Ils partirent immédiatement après à l'hôtel, s'ornèrent de l'attirail nécessaire pour assister à la messe ; Margaret instruisit le policier des gestes et comportements à observer.

Le trio arrivait, une demi-heure plus tard, aux portes de la bâtisse. Le policier encadré par les deux filles se dirigea avec elles directement vers la salle où se tenait la messe satanique, pénétra sans encombre à l'intérieur et prit place à côté de Jennifer. Avant même que la cérémonie ne commence, le policier susurra à l'oreille de

Jennifer qu'il souhaitait être seul avec elle, dans un lieu plus intime, dans son bureau par exemple. Sans se faire prier, Jennifer fit un petit clin d'œil à sa complice Margaret, sortit de la salle en compagnie du policier, emprunta discrètement l'ascenseur pour rejoindre son bureau, ouvrit la porte et la referma immédiatement à clé une fois à l'intérieur.

Entre préambules et discussions, le policier inspectait, de temps en temps, les lieux pour repérer l'endroit où se trouveraient les badges. Il ne tarda pas à les apercevoir dans une armoire, juste derrière le bureau de Jennifer. Une aubaine, se disait-il, reste à savoir comment s'emparer de quelques-uns à l'insu de la fille.

Ils restèrent ensemble pendant plus d'une heure, buvant de temps à autre, un verre. C'est alors que vint une idée au policier : il approcha son verre de bière du côté de la fille, l'enlaça puis renversa délibérément le verre avec son pied aspergeant ainsi les genoux de Jennifer et une partie de sa robe. Il ressassa ses excuses pour cette maladresse en espérant impatiemment que Jennifer aille aux toilettes pour se laver les genoux et la robe. Dès qu'elle est sortie du bureau, il se précipita vers l'armoire, emprunta des badges vierges et les mit dans une enveloppe vide qu'il trouva sur l'angle du bureau.

Dès le retour de Jennifer, le policier lui dit :

– Jennifer, je suis vraiment désolé d'avoir gâché ce merveilleux moment.

– Que penses-tu si nous continuons notre soirée dehors, dans un hôtel ?

Avant même que Jennifer ne réponde

– De toute façon, nos vêtements sont imprégnés de l'odeur de la bière, nous serions mal à l'aise dans cet état ailleurs.

– Dis-moi (répondit Jennifer), tu ne l'aurais pas fait exprès avec l'idée de continuer la soirée autrement que prévu ?

– Tu me plais assez, Jennifer, j'ai effectivement pris ce risque

– Je te le pardonne, d'autant que c'était mon intention aussi.

Jennifer suggéra au policier d'aller à l'hôtel de Margaret, elle a en permanence une chambre là-bas et aussi l'accès à la machine à laver pour nettoyer sa robe.

Ils passèrent la nuit ensemble. Le matin tôt, Jennifer se leva pour descendre à la laverie de l'hôtel. Elle prit dans l'armoire sa robe tachée la veille puis, en voulant vérifier la veste du policier si elle était aspergée aussi, elle remarqua, dans le coin de la poche intérieure, une enveloppe avec le logo de la bâtisse, que le policier avait empruntée imprudemment pour y mettre les badges volés. Surprise, elle prit l'enveloppe, la rangea dans son sac puis descendit à la laverie comme si de rien n'était. Étonnée, elle ne jugera cependant pas utile d'en parler au policier de la subtilisation de l'enveloppe et son contenu. Elle se disait que, parmi les hommes qu'elle avait rencontrés au gré des circonstances, elle connut de telles extorsions déjà, un jour c'était sa bague, laissée au coin d'un lavabo, une autre fois quelques billets de dollars prélevés de son sac. À ces yeux, et probablement à tort, les cartes badges ne pouvaient, en l'état, permettre l'accès à la bâtisse ignorant qu'un informaticien, avec du matériel adapté, pourrait aisément les programmer pour cet usage.

Au réveil, le policier constatait l'absence de la fille ; il s'habilla et descendit à son tour rejoindre Jennifer. À peine arrivé, il prétexta un rendez-vous urgent, embrassa la fille et repartit immédiatement.

À peine sorti de l'hôtel, il téléphona à John et lui raconta, à un détail près, ses prouesses comment il avait récupéré les badges et, tout en mettant sa main dans sa poche, il constata la disparition de l'enveloppe.

– Zut, John, je crois que je me suis fait rouler, Jennifer a repris l'enveloppe contenant les badges

– En quelque sorte, comme le dit l'adage, "pris qui croyait prendre", c'est ça ?

– Désolé John, c'est exactement ce qui s'était passé.

John rassura son collègue quant à l'échec de sa mission.

– Ne t'inquiète pas, nous allons élaborer un autre plan

Et comme pour taquiner son collègue :

– Tu as été nul sur ce coup n'est-ce pas ?

Le collègue reconnaît sa défaite, promit à John un dîner à ses frais pour se faire pardonner.

X

Marylin la biologiste infiltrée dans la bâtisse, qui y travaille depuis maintenant un mois, fit ses premières constatations à l'intérieur de la bâtisse.

Elle avait réussi à identifier au moins deux centres de recherches et d'expérimentations dans sa proximité professionnelle :

Le premier qui, a priori, est sous l'autorité de l'état, difficile d'accès pour tout autre médecin ou chercheur à l'exception de ceux relevant du corps de l'armée. Aux dires de certains, ce serait un centre de recherches sur les neurosciences (1). C'est aussi là que se trouveraient des salles équipées de super ordinateurs et des matériels médicaux tels des simulateurs, scanners, imageries, etc.

Le second laboratoire où elle fut affectée dans une des sections était dédié à la manipulation génétique (2). Jamais, disait-elle, dans sa carrière professionnelle, elle n'eut à connaître un tel degré de sophistication tant en matériels qu'en médecins et chercheurs professionnels. Un collègue-biologiste avec lequel elle avait sympathisé semble lui faire comprendre qu'il faudrait laisser l'éthique médicale aux vestiaires pour pouvoir exercer son métier ici.

S'agit-il de manipuler l'adn pour vaincre certaines maladies ou de sélectionner des gènes pour créer des surhumains ou cloner et dupliquer l'être humain ? C'est la question que se pose la nouvelle recrue particulièrement lorsque le confrère évoqua l'éthique médicale.

En quoi consistent en fait les neurosciences ou la manipulation génétique ?

(1) *Les neurosciences sans rentrer dans sa définition exhaustive consistent à explorer et agir sur le cerveau humain : remplacer un cerveau, stimuler énergiquement ses neurones et leur assigner un comportement spécifique par exemple rendre un soldat invincible, inhiber sa peur, le rendre endurant contre la fatigue ou la douleur, réduire son besoin de sommeil, effacer de sa mémoire les souvenirs d'une guerre ou sa propre opinion, etc. En somme, l'homme est ainsi transformé en un véritable automate, exécutant, pensant et se comportant selon la programmation d'une partie de son cerveau soit par pulsion énergétique ou par injection pharmacologique.*

(2) *La pire des manipulations génétiques serait le clonage de l'être humain consistant à créer et dupliquer un homme analogue ou avec des caractéristiques choisies. Le clonage expérimental de la chèvre Dolly avait ainsi ouvert la porte au clonage de l'être humain*

pour peu que l'éthique médicale ne soit pas respectée par un laboratoire.

La moins grave consiste à changer le code génétique grâce à l'ADN pour corriger un gène défaillant ou doter une personne d'un gène de qualité exceptionnelle qui sera par la suite identique au donneur, deux exemples : prélever et implanter les gènes du célèbre Albert EINSTEIN sur un autre patient qui deviendra à son tour aussi intelligent comme le donneur. Le second, remplacer les chromosomes d'un patient atteint de trisomie 21 par un gène sain et guérir ainsi le malade.

Le bureau des détectives suggérait à Marylin de prendre contact avec John afin de l'informer de ce qu'elle avait découvert à la bâtisse et lui expliquer par là même, les méthodes scientifiques qui peuvent se pratiquer à l'intérieur de la bâtisse.

Elle lui téléphona le jour suivant pour convenir d'une réunion informative à cet effet. En prévision, John avait réservé à l'hôtel une salle de travail et convoqua les trois autres collègues-détectives pour assister à cette réunion. John et ses collègues ont suivi avec intérêt l'exposé de Marylin en alternant écoute et questionnement à propos de ces manipulations génétiques. Ils l'interrogèrent sur la disposition de ces centres de recherches à l'intérieur même de la bâtisse, sur les procédures d'accès aux différents services, et la possibilité d'avoir des complices susceptibles d'être alléchés par de l'argent, par simple sympathie pour elle ou carrément par séduction.

John avait demandé notamment à Marylin de lui prêter son badge durant le week-end, car, selon les informations communiquées par le cabinet de détectives, ce dernier disposerait d'un service informatique capable de pirater la carte magnétique et d'insérer les noms et la photo d'un quelconque utilisateur sur le badge d'accès. Ce qui permettrait ainsi de façonner des badges d'accès pour John et ses collègues et leur permettre ainsi de pénétrer à l'intérieur de l'immense bâtisse et accomplir les missions qui leur sont assignées.

Pour clore la réunion, John rappellera à l'auditoire qu'à ce jour, ils connaissent l'existence de ces centres de recherches et leurs potentiels scientifiques. Il reste à savoir maintenant ce qu'ils font réellement dans ces laboratoires, pour le compte de qui, et découvrir s'il existe d'autres activités que celles décrites par Marylin.

XI

Tracy a été convoquée pour la signature de son contrat de travail de biologiste dans le centre de recherches de Tamanrasset en Algérie, l'autre mystérieux laboratoire américain en collaboration avec les Algériens. Elle doit donc rencontrer Jennifer et le directeur à la bâtisse. Son départ est imminent. C'est un service de la bâtisse qui s'occupera de l'ensemble des démarches pour son expatriation à savoir le visa, l'hébergement, son billet d'avion et il ne reste plus qu'à définir la date de départ.

Avant de se rendre à ce rendez-vous, elle téléphona d'abord à Margaret pour s'assurer de la disponibilité d'une chambre dans son hôtel ; elle appela ensuite les parents de son compagnon Ronald pour s'informer de sa maladie et, en arrière-plan, obtenir l'adresse de la clinique ou il est en traitement. Quand tout allait bien entre eux, Tracy demandait toujours l'avis de Ronald lorsqu'elle devait prendre une décision importante ; est-ce par réflexe qu'elle souhaiterait l'entretenir à propos de son nouveau poste en faisant ainsi abstraction de leurs mésententes ou voulait-elle simplement le saluer avant de partir en Algérie.

La tentative de revoir Ronald échoua, le personnel de la clinique était catégorique, son traitement imposait un isolement total et, malgré sa sollicitation, elle ne put le rencontrer.

Elle repartit directement à la bâtisse, le rendez-vous était prévu ce jour même à 14 heures. Arrivée à proximité, elle téléphona à Jennifer pour la prévenir de son arrivée imminente. Elle fut reçue quelques minutes plus tard. Avant d'entamer les choses sérieuses concernant le contrat de travail, elles bavardaient entre elles de la dernière soirée dancing à la bâtisse. Tracy réitéra ses excuses pour son comportement excessif alors que Jennifer se montrait empathique à son égard en imputant cet évènement à la déception conjuguée concernant son compagnon Ronald et John, le nouveau prétendant.

Tracy, l'air intrigué :

– Jennifer, comment connais-tu mon histoire avec John ?

– Tu sais, Margaret est mon amie d'enfance et c'est elle qui m'avait parlé de ton aventure avec lui.

– Aventure ! Il ne faut pas exagérer non plus ; il ne sait rien passer entre nous.

– Oui n'empêche, il te courtisait alors qu'il était un homme marié et puis tu ne le sais pas.

– Quoi ?

– Sa femme est une biologiste comme toi ?

– Mais non, c'est une policière

– Pas du tout, elle a été embauchée à la bâtisse en qualité de biologiste et y travaille dans un laboratoire.

– Jennifer, tu es sûr de ce que tu dis ?

– Absolument, j'ai même une copie de son contrat dans mon tiroir ?

Selon mon père, elle serait une policière et pour Jennifer une biologiste, John serait-il bigame, se demanda Tracy. De son côté, Jennifer se posait également la question à propos de cette fameuse épouse de John que la bâtisse avait recruté en qualité de biologiste. Indéniablement, c'est bien une biologiste et non pas une policière, puisqu'en à peine un mois, son responsable hiérarchique faisait déjà l'éloge de ses compétences professionnelles.

Entre-temps, le directeur pénétrait dans le bureau. Il serra la main à Tracy et demanda à Jennifer de lui soumettre le contrat à cosigner avant son départ dans un petit quart d'heure.

Jennifer remit le contrat de travail à Tracy en lui demandant de le lire puis le signer. Elle lui expliqua également le déroulement et son accueil à son poste de travail dans le laboratoire de recherches en Algérie. Elle partira donc sous huit jours par avion de Los Angeles à Alger. Elle sera accueillie à Alger par deux agents qui l'achemineront ensuite à Tamanrasset dans un avion de l'armée ; son lieu d'hébergement est également sur le lieu du travail dans un appartement cossu. C'est Jennifer qui s'occupera également du visa et de la carte de séjour auprès des autorités algériennes.

— Tracy, nous allons attendre la signature de ton contrat par le directeur puis nous rejoindrons Margaret pour fêter ça entre filles d'accord ?

— D'accord, mais sobrement cette fois-ci répliqua Tracy

— Promis, au fait, que devient Ronald, ton compagnon ?

— Il va bien, à vrai dire, nous sommes un peu fâchés, je lui fais la tête en ce moment.

Tracy ne voulait pas révéler la maladie bipolaire dont s'avérait être atteint son compagnon Ronald. Par contre, elle profita pour poser quelques questions à propos de cette maladie à Jennifer qui lui avait affirmé que sa sœur était bipolaire.

– Au fait comment va ta sœur dont tu m'avais parlé la dernière fois ?

– Euh, laquelle de mes sœurs ?

– Celle qui est bipolaire, dont tu me disais que les symptômes de sa maladie ressemblaient au comportement de Ronald ?

– Ah oui, effectivement

– Pour résumer, ce n'est vraiment pas facile ni pour elle ni pour son mari ; ses variations d'humeurs maniaco-dépressives nous désorientent tous et particulièrement son mari.

– Quand elle est en période dépressive, elle s'isole dans la chambre et ne veut rencontrer personne, elle devient triste et accablée d'idées noires ; facilement irritable et parfois violente. Son mari est aux aguets, il tente vainement d'atténuer ses souffrances morales, se montre compréhensif même aux idées illogiques de sa femme, la rassure par son soutien, surveille les agissements qui peuvent lui être préjudiciables comme les tentatives de suicide.

– À l'inverse, en phase euphorique, elle est d'un optimisme débordant, hyperactive, des projets démesurés, gentille, attrayante, souriante et une hyper sexualité la menant jusqu'à l'infidélité conjugale comme par addiction.

– En dehors des périodes maniaco-dépressives, c'est une femme exquise, sociable, aimante et au comportement exemplaire dans bien des domaines. C'est d'ailleurs ces moments de bonheur que son mari renonça à abandonner sa femme malgré les difficultés de la vie quotidienne.

Le récit de Jennifer à propos de sa sœur malade confirme les pressentiments de Tracy, tiraillée entre l'amour qu'elle éprouve pour son compagnon Ronald et d'un avenir difficile à vivre avec lui et sa maladie.

Juste après le récit, Jennifer partit chercher le contrat de travail. Elle restitua un exemplaire signé par le directeur à Tracy et rangea le second exemplaire dans son tiroir. Elle quitta son bureau avec Tracy pour rejoindre Margaret à l'hôtel.

En cours de route, Jennifer commérait en relatant ses histoires amoureuses, les joies et les déboires au gré de ses rencontres. Elle évoquait sans détour son attirance pour la gent féminine et son intimité avec Margaret en s'interrogeant si cette prédisposition était liée à sa simple nature biologique ou induite par un moment d'égarement ou elle se trouva à assister à des messes sataniques en participant à d'innommables orgies en groupe.

Tracy interpréta les confidences de Jennifer non pas comme des avances, mais plutôt comme un cri du cœur à la recherche d'un équilibre.

Tracy évoqua à son tour ses déconvenues avec Ronald et John et sa méfiance des hommes depuis. C'est, disait-elle, ce qui avait motivé son choix d'un travail à l'étranger pour avoir plus de recul sur les évènements.

– Tracy, comment allons-nous fêter ton départ pour ton nouveau travail en Algérie ?

– Soft, dans un piano-bar pour un dîner en écoutant de la musique jazz, ou dans une discothèque au rythme endiablé ?

– Jennifer, à vrai dire je dois repartir tôt demain à Los Angeles, ne serait-il pas mieux de commander des pizzas et dîner à l'hôtel chez Margaret ?

– Avec un magnum de champagne français pour noyer nos chagrins d'amour et un autre pour fêter ton départ d'accord ?

– Pourquoi pas, adieu à la sobriété

Les deux filles s'arrêtaient dans le centre du village, garant la voiture à proximité d'un centre commercial.

– Tracy, connais-tu les bonnes marques de champagne ?

– T'inquiète, n'importe quelle marque pourvu qu'elle soit Française.

– Et puis, ne prends pas des magnums, c'était juste pour rire ; une bouteille suffira.

Elles arrivaient dix minutes plus tard à l'hôtel où les attendait Margaret.

Un plan entre les trois filles dans une des plus vastes chambres de l'hôtel, avec, comme repas, deux pizzas, une bouteille de champagne et une demi-bouteille de Bourbon.

Des discussions dans le pur style d'une rencontre exclusivement féminine dominaient par l'énigme que suscite John à propos de ses conjointes. Aux dires de Margaret l'hôtelière, il s'agit bel et bien d'une policière puisque c'est cette dame qui avait séjourné à plusieurs reprises avec lui dans son hôtel. Jennifer affirmait le contraire, une biologiste prétendument l'épouse de John qui avait été embauchée à la bâtisse. Quant à Tracy, semblant gommer l'espoir d'une relation avec cet homme, eut l'idée de poser une excellente question. Elle disait se souvenir du nom de famille de John, il suffirait donc de vérifier laquelle des deux femmes porterait son nom pour élucider ce mystère.

Jennifer répondit du tac au tac :

– Je suis absolument sûre que la biologiste ne porte pas le nom de famille de John, elle s'appelle Marylin quelque chose, je le revérifierais demain à mon bureau d'après le double de son contrat de travail.

Margaret à son tour :

– Sur la fiche nominale de l'hôtel, nous ne renseignons pas la profession du client, mais je suis également sûre que ce n'est pas le nom de famille de John qui y figure.

– Elles sont comment physiquement ces femmes ?

– Marylin la biologiste, c'est une femme plutôt belle, svelte et des yeux bleus ravageurs. En à peine deux mois qu'elle travaille à la bâtisse, elle est déjà courtisée par une flopée de chercheurs dans les services ou elle exerce.

– Pour moi, la policière à l'hôtel, c'est une femme quelconque, à mi-chemin entre un boudin et une mocheté acceptable pour quelqu'un en état de manque.

Le qualificatif de « mocheté acceptable » fit éclater de rire les filles.

L'énigme à propos de John et ces deux femmes perdure. Margaret plutôt indifférente et Tracy un peu moins intéressée. C'est surtout Jennifer qui commence à se poser des questions à propos de Marylin que le directeur avait embauché avec des réserves.

Il se faisait tard, Tracy s'excusa auprès de ses amies et regagna sa chambre malgré leur insistance. Elle devra repartir tôt demain à Los Angeles.

XII

Les programmeurs informatiques du cabinet de détective où travaille John avaient réussi à façonner quatre cartes d'accès à la bâtisse à partir des données extraites de la carte d'accès de Marylin. Les détectives pourront dès lors accéder facilement à la bâtisse pour finaliser leurs enquêtes.

Entre-temps, Marylin avait réussi à s'infiltrer un peu partout dans les différents services de la bâtisse grâce aux idées que lui insuffla le responsable du cabinet de détectives par l'intermédiaire de John ; Marylin devra user de son charme ou la promesse d'un don financier proportionnel aux révélations en ciblant de préférence les chercheurs dont l'éthique interpelle à propos des pratiques scientifiques.

Deux jeunes chercheurs émérites, l'un opérant dans les laboratoires de neurosciences et l'autre dans ceux de la manipulation génétique étaient tombés dans l'escarcelle de la séduisante Marylin.

Par ailleurs, grâce aux badges façonnés, les trois détectives sont également entrés en action en pénétrant à l'intérieur de la bâtisse, avec une panoplie de matériels sophistiqués pour recueillir le maximum d'informations.

L'une des premières révélations fut celle du professeur Harold, chercheur à l'unité de recherche des neurosciences. Dans ses confidences à Marylin, il lui disait que les deux zombis qui erraient dans le camp de Slab dwelling et qui furent enlevés et leurs têtes décapitées étaient bien des cobayes évadés du service des neurosciences ou il travaillait. Ces laboratoires étaient sous la dépendance de l'armée et que le commandement de ce département lui reprochait sa négligence professionnelle, car les expériences sur ces zombis étaient sous sa responsabilité. Or, disait-il, ces deux individus sur lesquels furent pratiquées des expériences de reprogrammation neuronale venaient des anciens laboratoires de recherches scientifiques de l'armée du camp militaire adjacent qui avait été délocalisé depuis. Ces zombis se sont échappés par instinct en empruntant un canal qui menait de la bâtisse à l'ancien camp militaire mitoyen. Ce commandement militaire avait injustement accusé le chercheur pour couvrir probablement un haut gradé susceptible d'une sanction disciplinaire consécutive à cette évasion.

Il affirma que les seules actions qu'il avait pratiquées sur ces deux zombis consistaient à contrôler leurs réactions en stimulant les neurones du cerveau par des impulsions énergétiques pilotées par une puce électronique implantée dans leur boîte crânienne. D'ailleurs, constata-t-il, la programmation neuronale de leur cerveau n'avait pas été faite avec les performantes et nouvelles technologies de maintenant, mais vraisemblablement, par d'anciens procédés ce qui explique que les deux zombis avaient réussi à contourner les instructions implantées dans leur cerveau en retournant, sans ambages, sur les lieux où ils habitaient avant.

Marylin, attentive et intéressée par ce que lui disait le professeur Harold, lui demanda de lui expliquer en quoi consistait au juste cette nouvelle technologie de programmation neuronale et pour quel but.

Aujourd'hui, le scientifique est capable de recréer un cerveau humain avec ses cent milliards de neurones ou programmer une partie de ces neurones pour qu'elle ait un comportement ou une opinion déterminée à l'avance, et ce, grâce à la puissance des ordinateurs et la modulation mathématique. Les écoles doctorantes enseignaient ces recherches scientifiques dans un but médical pour comprendre le fonctionnement du cerveau et ainsi corriger les anomalies de son fonctionnement.

Un exemple pour simplifier : Le scientifique enregistre toutes les données d'un cerveau humain sur le disque dur d'un ordinateur. Il pourrait ensuite modifier le comportement des cellules du cerveau comme une secrétaire modifierait les phrases d'un courrier dans un logiciel de traitement de texte. Il sauvegarde les neurones ainsi modifiés comme la secrétaire sauvegarderait son courrier corrigé. Puis la transmission ; alors que la secrétaire va imprimer et envoyer le courrier à son destinataire ; le scientifique devra utiliser des moyens plus sophistiqués pour transférer une partie ou la totalité des nouveaux neurones du cerveau. C'est par pulsion énergétique ou par injection pharmacologique qu'il va transférer les nouveaux neurones de substitution à son cobaye, qui se comportera dorénavant, exactement comme l'avait programmé le scientifique. La majorité des scientifiques dans le monde, utilise et fait évoluer la science dans un but purement médical pour corriger des anomalies de fonctionnement du cerveau et améliorer son potentiel, certaines unités de recherches scientifiques, sous la houlette de prérogative de la raison d'État et du secret-défense, utiliseraient ces découvertes scientifiques pour d'autres fins inavouées.

Le professeur Harold, mécontent de sa hiérarchie pour avoir été inculpé injustement de l'évasion des zombis, confiait à sa consœur Marylin, sous le serment qu'elle garderait le secret, que son unité de recherche faisait des expériences exclusivement pour des fins militaires.

En dehors du département neurosciences, il existe également un autre laboratoire de recherche sous l'autorité de l'armée, qui consiste à rendre les êtres et les choses invisibles. Après la cape d'invisibilité rudimentaire qui devait rendre les soldats invisibles à l'ennemi, aujourd'hui grâce à l'évolution des recherches, des procédés empiriques seraient réalisés, en collaboration avec l'armée algérienne, dans un laboratoire expérimental situé dans l'immense désert de l'Algérie ; grâce à une technique révolutionnaire associant les spectres de lumières infrarouges, ultraviolets et des matériaux extraits de météorites tombées dans la région, rendraient les êtres vivants réellement invisibles.

Le choix du désert algérien n'était pas sans raison. En effet dans ce vaste désert, des météorites tombent abondamment depuis des siècles dans cette région. Les Américains avaient analysé une météorite tombée dans les sables de la Californie identique à celles en Algérie et constatèrent qu'elle contenait les précieux matériaux nécessaires pour rendre les hommes invisibles.

Quelques expériences d'invisibilité avaient été réalisées au cours de quelques conférences dans les locaux mêmes de la bâtisse.

Deux hommes dotés des procédés d'invisibilité animèrent une démonstration au prétexte qu'il s'agirait de pouvoirs invisibles soi-disant ésotériques. Le premier homme arrivait invisible puis apparaissait sur la scène. Un autre homme invisible l'assistait pour tenir en lévitation un chien dans la salle, faire apparaître et disparaître un serpent sur scène ou retenir la maîtresse du chien d'escalader les marches de l'estrade de démonstration.

En réalité, ces démonstrations étaient surtout destinées à tester le processus d'invisibilité en public et détecter ainsi les éventuelles failles à corriger.

Quant au second chercheur affecté au service génétique dans le laboratoire de manipulation génétique, il s'était confié à son tour à sa consœur Marylin d'autant plus facilement puisqu'ils sont tous deux affectés au même laboratoire biologique dans deux unités différentes.

Recruté parmi les lauréats-doctorants de la nouvelle technologie du découpage de l'ADN dans l'unité biologique de la bâtisse, il espérait fortement contribuer au traitement des maladies grâce à cette nouvelle technologie récemment découverte. Quelle fut sa déception quand il se voyait progressivement ordonner par sa hiérarchie de procéder à des recherches purement militaires dans le but de concevoir des armes bactériologiques.

Bien que sa hiérarchie tentât de le persuader que le but était de développer des armes bactériologiques défensives contre d'éventuels produits chimiques ou virus que pouvaient utiliser des terroristes, il essaya, par éthique, de démissionner, mais son contrat de travail prévoyait une clause d'indemnisation en faveur de son employeur d'un montant de 30 000 $ en cas de rupture du contrat.

Tenu au secret professionnel jusque-là, néanmoins, son désarroi devant le danger que représentent les produits élaborés et stockés au sein de la bâtisse, il révéla qu'une infime partie de ses produits, si elle venait à s'échapper, entraînerait la mort certaine de tous les humains de la région, voire au-delà.

Il affirmait, sans trop donner de détail, que des expériences sur des femmes et des hommes actuellement séquestrés dans la bâtisse étaient parmi les plus horribles et inhumaines expériences qu'il connaisse dans le processus de la manipulation du génome humain.

Ces cobayes étaient recrutés principalement parmi les disciples les plus faibles psychologiquement, qui participaient aux messes noires sataniques organisées dans la bâtisse et, dans une moindre mesure, par un gang qui enlevait des gens désocialisés, d'un camp tout proche de la bâtisse.

Enfin, Marylin, comme la majorité des nouvelles recrues à la bâtisse, avait été affectée dans une unité de laboratoire aux activités normales, mais ne tardera pas sûrement à être redirigée vers un autre service aux pratiques moins éthiques dixit le professeur Harold, l'amoureux discret de la belle biologiste.

Le professeur Harold fut le premier à jeter son dévolu sur Marylin et, visiblement, elle ne le dédaignait pas. C'est un homme modeste malgré sa célébrité et ses compétences professionnelles, gentleman et physiquement beau.

Marylin et Harold profitaient du moindre moment que leur laisse leur travail pour se revoir d'autant qu'ils partagent des hobbies communs tels le théâtre moderne, la peinture et le jogging. Ils se rencontraient régulièrement à la cafétéria du lieu de leur travail et étaient sortis plusieurs fois ensemble les week-ends.

Un jour, Harold fit à Marylin une importante confidence sous la couette : tous les chercheurs recrutés à la bâtisse étaient pris dans un engrenage abject.

La bâtisse les recrutait pour une noble cause de recherche scientifique à but humanitaire, puis les oriente, bon gré mal gré, vers des recherches et des expériences moralement illicites. Parmi les chercheurs, certains voulaient renoncer à leur contrat. Ils furent ouvertement intimidés, voire menacés physiquement aussi bien eux-mêmes que leurs proches.

À la fin de leur contrat, les chercheurs étaient sommés de ne pas révéler ce qu'ils avaient eu à faire ou à connaître dans les laboratoires de la bâtisse sous peine d'être emprisonnés pour révélation d'informations qualifiées d'un secret d'État.

Pire, les chercheurs qui refusaient d'obtempérer à cette consigne furent emmenés au laboratoire des neurosciences. On pratiquait sur eux, comme sur de vulgaires cobayes, la technique de l'effacement partiel de la mémoire consécutive à leur vécu à la bâtisse, un effacement irréductible de leur mémoire qui ne laisse aucune trace de leur passage à la bâtisse.

Le pire est que c'était moi-même qui contribuais depuis deux ans, à améliorer les performances de cette technique, consistant à effacer des souvenirs et des opinions, implanter artificiellement d'autres souvenirs dans une partie du cerveau humain grâce à des pulsions énergétiques sur les neurones du patient.

Nos expériences sont des plus impressionnantes alors que d'autres chercheurs tentent de créer des robots à l'image de l'homme avec des programmes informatiques et des circuits électroniques, nous, c'est le corps humain que nous utilisons, en remplaçant toutes les fonctions de son cerveau pour lui assigner un comportement à notre guise.

Confidence pour confidence Marylin qui ne s'attendait pas à tant d'informations, sur les pratiques scientifiques de la bâtisse, en à peine trois mois, révéla à son tour à Harold qu'elle était embauchée par un cabinet de détective pour infiltrer la bâtisse. Elle avait été recrutée sous un faux nom en qualité de biologiste à la bâtisse. Son rôle était surtout de recueillir le maximum d'informations sur les laboratoires scientifiques à l'intérieur de l'espace secret de la bâtisse.

Par ailleurs, selon John, le coordinateur de cette mission, les badges d'accès à la bâtisse piratés par les programmeurs informatiques du cabinet de détectives fonctionnent à merveille et permettent aux enquêteurs de rentrer et se déplacer à l'intérieur de la bâtisse pour accomplir clandestinement leurs enquêtes.

Mieux encore, par une astuce informatique découverte depuis, des badges plus intelligents avaient été façonnés et c'est autour de spécialistes scientifiques, recrutés par le cabinet, de pénétrer dans la bâtisse. Leurs révélations quant aux expériences qui y sont pratiquées sont d'une ampleur stupéfiante non seulement sur des êtres humains adultes, mais sur des nouveau-nés et les animaux également.

Elle ne connaît pas les motifs de ces investigations ordonnées et menées par le cabinet de détectives qui est, pense-t-elle, probablement mandaté par des instances politiques ou des lobbyistes.

Toujours est-il que nous, les chercheurs qui travaillons à l'intérieur de cet immense édifice souterrain, pourvu de laboratoires et de matériels scientifiques ultramodernes, connaissons dès lors, sous l'autorité de qui et pour quelle finalité existe cette structure. Les scientifiques extérieurs qui, grâce à leur badge, réussirent à s'infiltrer dans l'ensemble des services non seulement ils corroborent ce que nous connaissons déjà, de surcroît, ils y ajoutent des informations horrifiantes et impensables de ce qui se passe dans l'ensemble de cet édifice. Par contre, au regard du public, cette infamante activité sous terre est masquée à l'extérieur par une modeste bâtisse, ne payant pas de mine, ou s'organise comme par supercherie, des conférences, des locations de salles pour des messes sataniques et un dancing par moments.

XIII

Tracy arrivait à son appartement à Los Angeles après un périple de trois heures de route. Elle constata que des objets n'étaient pas à leur place ce qui laisse supposer que quelqu'un était entré à son domicile pendant son absence. Elle pensa probable, que c'était sa mère venue chercher quelque chose pour son chien Bobby laissé en garderie chez elle pendant son voyage. Elle s'allongea une petite heure sur le canapé puis téléphona à sa mère.

Après quelques échanges, Tracy s'empressa de questionner sa mère :

– Maman, c'est toi qui es venu chez moi ?

– Oui

– Ai-je oublié de te donner quelque chose de Bobby ?

– Non, j'avais tout ce qu'il lui fallait

– Mais alors ?

– Écoute ma fille, je t'expliquerai quand tu viendras nous voir

– C'est si difficile pour que tu me répondes ?

– Un peu, je préfère t'en parler à la maison

– C'est au sujet de Ronald ?

– Oui

– Maman s'il te plaît, qu'est-ce qui se passe ?

– Ce n'est pas trop grave, viens à la maison, je t'attends

– D'accord maman, j'arrive

Tout en se préparant pour aller voir sa mère, il lui vint à l'esprit de regarder dans la boîte à messages que Ronald avait fixée sur un coin de la cuisine. Cette boîte servait au couple pour laisser un petit message généralement affectueux ou pour rappeler quelque chose à faire par l'un ou par l'autre.

Elle aperçut une enveloppe blanche, elle retira une lettre visiblement écrite d'une main tremblante par Ronald :

« C'est parce que je t'aime, je mets fin à ma vie pour ne pas empester la tienne ».

Le pire serait-il arrivé ? Se disait-elle. Sans attendre, elle dévala les escaliers, emprunta sa voiture pour aller chez ses parents.

Arrivé chez eux, avant même les embrassades habituelles, elle apostropha sa mère :

– Où est Ronald, maman ?

– Ne t'inquiète pas ma fille, le pire a été évité

– Mais que s'était-il passé au juste ?

– Calme, ma fille calme entre

C'est alors que la mère lui raconta ce qui s'était passé :

Ronald avait réussi à tromper la vigilance des infirmières de la clinique et dérobait un lot de barbituriques. Sa mère avait été prévenue aussitôt par la clinique. Ne le voyant pas arriver chez elle après sa fugue, elle me téléphona à son tour pour aller vérifier s'il n'était pas rentré chez toi. Nous étions partis tous les deux à ton domicile, la peur au ventre. En ouvrant la porte d'entrée, nous vîmes Ronald par terre allongé au pied du canapé ; il était sans connaissance, dans un état comateux. J'avais téléphoné urgemment au service des secours, une ambulance et un médecin étaient arrivés aussitôt après. Ils l'avaient transporté immédiatement à l'hôpital du quartier. C'était un suicide aux barbituriques, disait l'hôpital. Ils lui avaient fait un lavement de l'estomac et mis en surveillance pendant

48 heures. Il est toujours à l'hôpital, mais nous ne pouvons lui rendre visite pour le moment.

Tracy éclata en sanglots dans les bras protecteurs de sa mère. Elles se dirigèrent vers le salon ; elles prirent place à côté du père, lequel enlaça à son tour sa fille.

Après ses câlins de réconfort à sa fille, le père s'adressa à Tracy dans des termes objectifs pour ce qui concerne son ami Ronald :

– Tu sais ma fille, ta mère et celle de Ronald ne t'avaient dit qu'une part de la vérité à propos de la maladie de Ronald et elles eurent raison de procéder ainsi pour préserver votre couple.

– Incontestablement, Ronald t'aime et tu l'aimes aussi et cette saloperie de maladie qui interfère dans vos relations n'est pas toujours facile à vivre.

– Cependant, il faut que tu sois consciente, la maladie maniaco-dépressive ou maladie bipolaire dont est victime Ronald est récurrente et inguérissable de nos jours sinon à atténuer simplement ses effets en période de crise.

– Tu sais maintenant que lorsque Ronald fuguait ou te trompait avec d'autres femmes, c'était sous l'effet de cette maladie qui, semble-t-il, augmente considérablement l'appétit sexuel en période d'euphorie et l'abaisse fortement en période de dépression.

– Ce que les mères t'avaient volontairement caché c'est l'autre facette de cette maladie à savoir en période dépressive.

Il lui expliqua alors que lorsque Ronald la quittait pour se réfugier chez ses parents et s'enfermait dans sa chambre pendant des jours, il était sous l'emprise de la phase dépressive, l'autre revers de cette maladie où le patient est totalement déprimé avec des idées constantes de suicide. Ainsi, Ronald avait tenté au moins trois fois de se suicider et, Dieu merci, le pire avait été évité grâce à la vigilance de ses parents. Ce qui importe, finit-il par lui dire, c'est qu'aujourd'hui Ronald est en de bonnes mains à la clinique où il est soigné correctement.

Son père lui révéla également que lors d'une discussion discrète avec lui, Ronald lui avoua sa hantise de te perdre par la faute de cette maladie, raison pour laquelle il la garda secrète, tout en veillant, dans la mesure du possible, à t'épargner les moments douloureux quand il était en période de crise.

Tracy s'adressant à son père :

– Tu penses que Ronald va rester comme cela toute sa vie ?

– Hélas ! À l'heure actuelle, il n'y a pas un remède pour éradiquer cette maladie.

– En période d'euphorie par exemple, on ne peut quasiment rien faire pour réduire l'extravagance du malade.

– À l'inverse, en période dépressive, le malade est traité avec des antidépresseurs et il faut surtout le surveiller pour ses éventuelles tentatives de suicide.

– Aujourd'hui, il y a un mince espoir dans les recherches avancées en neurosciences. Certains laboratoires de recherches proposent un traitement expérimental sans une garantie de résultat et il faut se porter volontaire pour servir de cobaye avec une espérance de résultat mitigé.

– La vie est ainsi faite, ma chérie, mais il ne faut pas baisser les bras.

– Bref, tu restes dîner avec nous, maman se fera un plaisir de nous mijoter le fameux plat sucré algérien ?

– À propos de l'Algérie pour ton travail là-bas ?

– C'est signé papa, mon départ est imminent, probablement la semaine prochaine

– Déjà, ce n'est pas comme aller en Europe ; il te faut probablement un visa, un certificat d'hébergement, quelque chose comme ça.

– Papa, ne t'inquiète pas, l'employeur s'occupe de tout ça, le visa, le billet d'avion et l'accueil dès mon arrivée en Algérie.

– Et puis, contrairement à toi, dès que je serai en Algérie, je jouerai à fond ma carte de fille d'algérien pour les charmer.

– Au fait papa, as-tu encore de la famille là-bas ?

– Probablement, mais depuis trente-cinq ans que je suis aux États unis, je n'ai que de faible souvenir.

– Toute la famille est originaire de la ville de Constantine où je suis né, une partie y est sûrement encore.

– Mais tu sais ma chérie de la ville de Tamanrasset où tu travailleras jusqu'à la ville de Constantine, il y a au moins mille cinq cents kilomètres et un voyage à dos de chameau, cela fait loin quand même.

– À dos de chameau, tu dis n'importe quoi papa ?

– Toujours en train de dénigrer son propre pays d'origine.

– Tu dois réviser ton jugement à propos de l'Algérie, mon papa, car, crois-moi, depuis un mois que je me documente sur l'Algérie, ce pays a tellement évolué depuis ton arrivée en Amérique que tu seras agréablement surpris.

– Et puis le chameau, c'est pour les touristes en mal d'aventure pour sillonner les merveilleuses dunes du Sahara Algérien.

– Moi, Monsieur, pour aller de Tamanrasset à Constantine, je prendrais un avion des compagnies algériennes en payant moins de 250 $ pour un aller-retour sur une distance de 1 500 kilomètres.

– Eh bien ! Ma chérie de fille, tu m'étonneras toujours.

– À propos de ton travail, pour faire quoi au juste ?

– En gros, cela consistera à expérimenter les résultats de recherches en biotechnologie, mais je n'en sais pas plus aujourd'hui.

Comme par tacite convention, le père finit toujours par raconter une histoire drôle à sa fille et c'est alors qu'il se mit à lui narrer une :

– Un jour, lors d'un vol entre Los Angeles et Washington, au bon milieu du trajet, l'avion fut secoué brutalement par des pressions atmosphériques. Parmi les passagers, un homme à la corpulence démesurée occupait quasiment deux sièges à lui seul. Dans la même rangée, côté hublot, était assise une femme, apeurée par les secousses qui s'amplifiaient crescendo.

– Pardon, dit-elle au gros monsieur, nous allons tous mourir n'est-ce pas ?

– Alors, mourir pour mourir, mettez-vous à ma place côté hublot, pour me servir d'amortisseur en cas de crash, j'aurais peut-être une chance de m'en sortir

– Sans sourciller, l'homme s'exécuta en y ajoutant même un sourire courtois.

– Elle est sarcastique ton histoire, dit Tracy à son père.

De sa cuisine, la mère faisait des signes à sa fille pour la rejoindre au « confessionnal », le lieu par excellence de la mère et la fille pour discuter discrètement de choses et d'autres.

La mère avoua à Tracy sa peine de la voir partir si loin, mais dit la comprendre aussi ; ce départ pour son nouveau travail lui permettra d'avoir un peu plus de répit après tant de contrariétés amoureuses.

Maman questionna ensuite Tracy à propos de John, son nouveau courtisan. C'est alors qu'elle lui rapporta :

– Tu sais, John était revenu depuis voir ton père à la maison sous un prétexte professionnel. Entre autres discussions, John parla de son ex-femme, la policière comme lui, en disant qu'il avait divorcé il y a maintenant deux ans. J'avais remarqué qu'il élevait sa voix volontairement comme pour me faire entendre l'information qu'il était libre, sachant d'emblée que j'allais forcément t'en reparler.

– Il me demanda également de tes nouvelles, si tu n'avais pas changé de numéro de téléphone, car il n'arrivait pas à te joindre malgré plusieurs tentatives.

Tracy faisait mine de dédaigner l'information, au fond d'elle-même, elle ressentit un certain réconfort, mais aussi un regret de l'avoir injustement taxé d'homme marié, coureur de jupons décidément comme Ronald, l'homme de sa vie.

XIV

Jennifer s'interrogeait encore sur les deux supposées conjointes de John, l'une soi-disant policière, l'autre biologiste recrutée au sein même de la bâtisse.

Elle avait vérifié entre-temps le nom de famille de Marylin la biologiste et celui de John qui lui fut indiqué par Tracy. D'après le contrat de travail de Marylin, ce nom ne correspond pas à celui de John, son prétendu mari.

Elle avertit immédiatement le directeur de la supercherie, se questionnant sur le pourquoi de cette manigance.

Le directeur, qui avait recruté Marylin au vu de son excellente expérience professionnelle, suspectait déjà John, concernant sa suggestion et surtout son insistance à vouloir faire recruter cette biologiste, alors que lui-même, aux dires des agents de sécurité, était soupçonné dans son étrange comportement à fouiller un peu partout dans l'édifice lorsqu'il avait assisté dernièrement aux conférences dans l'établissement.

Pour éclaircir la situation, le directeur suggéra à Jennifer de vérifier le nom exact de John qui figure sur sa fiche de participant à la conférence et le comparer avec celui de Marylin.

Il lui demanda également de convoquer Marylin dans son bureau sous un quelconque prétexte professionnel et essayer de lui soutirer diplomatiquement un complément d'information sur la situation matrimoniale entre elle et John.

Jennifer téléphona à Marylin le jour même et un rendez-vous fut donc fixé pour le lendemain matin.

Il n'y avait pas que le nom patronymique de Marylin qui intriguait, ses allées et venues incessantes à l'intérieur de la bâtisse souterraine en dehors du laboratoire où elle travaillait, étaient observées par un de ses collègues de travail et rapportés au directeur.

Le pseudo-mouchard disait qu'il avait l'impression que Marylin tentait d'enjôler d'autres chercheurs pour pouvoir pénétrer dans les laboratoires dont elle n'avait pas le droit d'accès.

Dans la cafétéria réservée aux chercheurs, disait-il, elle ne cessait de questionner les collègues pour connaître la nature de leurs recherches et les expériences qu'ils pratiquaient. D'après ses dires, Marylin n'était pas à la bâtisse que pour son seul travail de chercheuse en biologie, mais probablement aussi pour une autre raison, car même les questions qu'elle posait aux uns et aux autres n'étaient pas que de la curiosité professionnelle.

Le lendemain matin, comme prévu, Marylin se présenta au bureau de Jennifer.

Jennifer entama la discussion en disant à Marylin que l'objet de ce rendez-vous était un simple briefing qu'elle faisait avec les embauches récentes à propos de l'ambiance du travail, s'ils se plaisaient dans leur poste, leur relationnel avec les autres collègues, et cætera.

Après le préambule, Jennifer questionna directement Marylin sur sa situation maritale :

– Votre mari John est géologue (1) n'est-ce pas ?

(1)   Sur la fiche des participants aux conférences de la bâtisse, John s'était présenté comme géologue pour masquer sa fonction de policier.

– Oui exact

– Une biologiste et un géologue cela fait de vous un couple pluridisciplinaire n'est-ce pas ?

– Oui, cela fait de nous des chercheurs quand même, à lui les terrains inertes, à moi, les espèces et les êtres vivants.

– C'est joliment dit Marylin

– Merci

– Et vous êtes mariés ou viviez seulement en couple ?

À ce moment précis, Marylin subodora ce que Jennifer voulait savoir, simula immédiatement la femme vexée comme échappatoire.

– Désolée Jennifer, vous me questionnez sur ma vie personnelle et cela ne regarde que moi.

– Je ne répondrais à aucune de vos questions, je retourne à mon poste, j'ai beaucoup à faire d'accord ?

Jennifer essaya de temporiser, mais Marylin, rassurée que son subterfuge fonctionnât, sortit immédiatement en claquant la porte derrière elle.

Elle téléphona immédiatement à John pour l'informer de la teneur de ce rendez-vous qui, à l'évidence, suppose qu'elle, John lui-même, peut-être aussi quelques autres collaborateurs ont été démasqués quant à leur mission secrète dans la bâtisse.

En réplique, John n'avait pas l'air d'être surpris ni inquiet de ce que venait de lui révéler Marylin.

– Marylin, jusqu'à aujourd'hui, vous aviez mené votre mission à la perfection.

– Votre seul risque c'est de perdre votre travail, mais vous aurez une prime substantielle de la part du cabinet de détectives qui nous emploie.

– Quant à notre mission dans son ensemble, tous les détectives et chercheurs ont réuni le maximum d'informations concernant les activités secrètes de la bâtisse.

– J'avais prévenu au fur et à mesure le cabinet de l'avancement de nos découvertes durant nos missions respectives. Il me suggère maintenant de réunir toute l'équipe pour rédiger le rapport final de nos investigations.

– Je vais réserver une salle de travail dans le meilleur hôtel de la région avec, en prime, un dîner au champagne pour fêter les résultats de nos missions

– Waouh, un dîner dansant, répondit-elle.

– Oh que oui !

– Je vous appellerais dès que j'aurais la date précise d'accord ?

– Dites-moi John, serait-il possible d'ajouter à votre liste deux chercheurs, le professeur Harold et un autre collègue, ils m'avaient énormément aidé et, de surcroît, ils sont en rage contre les pratiques dans la bâtisse.

– Il pourra même ajouter d'autres informations à ceux récoltées jusqu'ici par nos soins.

– Possible, mais êtes-vous sûre de leur probité et surtout de leur discrétion à ne pas révéler nos enquêtes ?

– Oui !

– Absolument, John, ils sont tous deux révoltés contre les pratiques que leur imposent les dirigeants de la bâtisse.

– C'est d'accord, je les prévois donc avec nous pour la réunion

– D'accord, John, à très bientôt alors

– À très bientôt Marylin

Après le rendez-vous avec Jennifer, Marylin fut à nouveau convoquée, mais par le directeur cette fois-ci. Il lui signifia ouvertement que son obstination à fournir les informations à la demande de la direction l'exposerait à la rupture de son contrat de travail.

À son tour, elle lui précisa que les informations demandées lors de son entretien avec Jennifer, sa secrétaire, étaient strictement personnelles et qu'elle n'entendait pas y répondre au risque de perdre son emploi.

Elle repartit ensuite à son lieu de travail, la peur au ventre, redoutant des persécutions comme elle l'avait entendu dire à propos d'autres chercheurs mécontents ou démissionnaires.

À l'heure du déjeuner, elle retrouva Harold, son confident et collègue, et lui fit part de sa crainte.

Harold, plutôt rassurant, lui dit :

– En général, c'était surtout les chercheurs affectés dans les laboratoires secrets qui subissent des intimidations voire des sévices physiques.

– Toi, tu exerces encore dans le premier laboratoire qui est, en quelque sorte, leur vitrine noble des recherches médicales, pour attirer, dans un premier temps, les chercheurs qu'ils mutent ensuite dans les autres laboratoires aux pratiques suspectes.

– Tu ne représentes donc pas une menace sérieuse pour eux pour te faire une quelconque réprimande.

– Au contraire, ils vont te laisser partir avec la conviction que, même si tu venais à parler de ton travail ici, ce ne serait que bénéfice pour eux, puisque ce laboratoire est censé être dédié aux recherches strictement médicales et donc humanitaires et licites.

Comme prévu, John réunit les détectives et chercheurs dans une salle de l'hôtel qu'il avait réservée à cet effet. Un dîner spectacle était également au programme pour remercier tous les collaborateurs qui avaient contribué aux résultats de l'enquête sur les activités secrètes de la bâtisse qui, selon les dires et les constatations des détectives et chercheurs, se résument ainsi :

Sous l'aspect d'un établissement de conférences et de location de salles pour des activités culturelles et diverses, la bâtisse servait en fait à camoufler l'entrée aux édifices souterrains plus importants dédiés à des activités top secret de recherches et d'expérimentations scientifiques hors de toute éthique.

En empruntant les portes blindées du quatrième sous-sol, on accède à une véritable ville souterraine, une immense infrastructure aménagée en espaces de vie s'étendant sur plusieurs hectares avec des immeubles modernes, des moyens de transport, des restaurants et des hôtels à l'usage du personnel qui y travaille.

On distingue deux édifices principaux distants d'environ un kilomètre entre eux alignés l'un après l'autre, chaque édifice était identifié par une pancarte délimitant sa zone, ZONE_BIO, pour le premier, ZONE_NRS pour le second.

Le premier et le plus proche, situé dans la ZONE_BIO, abrite un centre de recherche en biologie équipé d'un matériel très sophistiqué et dédié principalement aux recherches médicales. C'est dans ce centre que travaillent, dans un premier temps, les chercheurs recrutés par le directeur et sa secrétaire Jennifer. Ils sont ensuite affectés à d'autres laboratoires dont l'éthique reste douteuse.

Les travaux de ce centre sont essentiellement des recherches en biologie médicale en vue de découvrir des remèdes à des maladies incurables. L'équipement matériel est récent, les chercheurs disposent donc d'outils qui leur permettent d'améliorer leurs travaux de la simple recherche de vaccins jusqu'à la manipulation de l'ADN.

Ce centre de recherches travaille en sous-traitance pour le compte de grands laboratoires privés. Il ne fait, semble-t-il, que de la recherche fondamentale, les expériences sur les humains seraient pratiquées ailleurs.

Marylin, qui travaillait dans ce laboratoire biologique avait quant à elle, une autre idée de ce qui se pratique dans ce laboratoire.

Il y avait effectivement des recherches vaccinales et quelques autres essentiellement médicales ; n'empêche, des manipulations génétiques y sont également pratiquées, et même si les expériences ne sont pas faites sur place au laboratoire, elles seraient pratiquées dans un environnement proche, probablement, quelque part à l'intérieur de la bâtisse.

Marylin dit avoir assisté au mélange d'un génome humain avec un autre génome aux caractéristiques non communiquées, le résultat de cette manipulation devant être transfusé à un corps humain pour le doter de fonctions spécifiques comme la résistance à la douleur ou au sommeil, l'inhibition de la peur, doper la puissance musculaire d'un individu, et cætera.

Cette technique consiste en général à donner à un être humain les capacités physiques ou intellectuelles qu'il n'a pas naturellement ; c'est en cela que réside le danger, concevoir de super hommes avec des capacités dont le contrôle peut échapper à tout moment ou encore le risque d'une simple erreur de dosage biologique qui ferait d'eux des monstres vivants.

Quant à l'élaboration du produit auquel Marylin avait assisté à la conception, un coursier qui fait office de navette à l'intérieur de la bâtisse était venu le récupérer, ce qui prouverait que l'injection allait se faire sur des cobayes à l'intérieur même de la bâtisse.

D'ailleurs, les détectives avaient localisé dans un immeuble quelques chambres le jouxtant avec, à l'intérieur, des hommes et des femmes paraissant être des cobayes en attente à leur tour pour subir des expérimentations.

Il y avait également, à l'arrière du bloc, une grande salle aux murs capitonnés avec des lits sur lesquels étaient couchés des individus branchés à des appareils et des casques, sous la surveillance d'une équipe de femmes et d'hommes vêtus de blouses blanches.

Mitoyen à cet immeuble, se trouvait également un autre bâtiment à l'arrière duquel il y avait un grand hangar bétonné, sans accès externe visible. C'est dans ces deux locaux que se pratiqueraient les expériences sur des êtres humains avant qu'ils ne soient redirigés quelque part pour des exercices réels.

Ils avaient également constaté des voies d'accès entre la bâtisse et les sous-sols de l'ancien camp militaire ou se pratiquaient naguère des recherches et des expérimentations scientifiques à caractère militaire. Des navettes assurées par des minibus aménagés entraient et sortaient régulièrement des deux côtés avec des personnes à bord.

En s'approchant de plus près d'une des portes d'accès, ils constatèrent que les laboratoires de recherches militaires en sous-sols existaient toujours et semblaient même fonctionner, laissant ainsi supposer que le camp militaire avait été détruit de l'extérieur, mais sa structure et les équipements dans les sous-sols étaient laissés intacts.

Le deuxième chercheur, spécialisé dans la manipulation génétique, qui avait sympathisé avec Marylin, finit lui aussi par lui avouer, sous le serment du secret, le cheminement du laboratoire de recherche biologique en lui disant :

– En gros, dans le laboratoire où tu travailles, à l'entrée de la bâtisse, des collègues chercheurs conçoivent des produits issus de la biologie moléculaire et nous les transmettent ensuite à l'immeuble RSV_BIO, un centre des tests biologiques où je travaille moi-même.

– C'est là que nous inoculons ces produits, à des cobayes provenant de l'extérieur, des laissés-pour-compte anonymes vivant dans le camp de Slab dwelling ou des personnes mentalement fragiles qui assistent aux messes sataniques organisées dans les salles de conférences de la bâtisse et qui sont subrepticement capturés. Avec la complicité de cette même secte satanique, ses membres font venir des femmes enceintes en désarroi que l'on fait avorter ensuite dans le laboratoire pour récupérer les nouveau-nés qui serviront de cobayes à leur tour.

– Parmi les expérimentations du laboratoire biologique, il n'y a pas que des humains à qui nous injections des produits.

– Créer des super-militaires, accroître leur capacité de puissance physique, leur résistance au sommeil, au froid et à la chaleur, inhiber chez eux la peur et la culpabilisation, en somme, en faire des super combattants de l'armée ou Rambo lui-même ferait pâle figure.

– Les seconds, servaient de sujets d'expérience pour une variété de virus et de produits chimiques conçus en laboratoire parmi lesquels :

– Un gaz qui désoriente et paralyse, sans la tuer, toute personne qui l'inhale.

– Un gaz qui désagrège et tue un humain sans altérer son environnement immédiat

– Ou encore une substance pharmacologique, sorte d'agent anesthésiant qui altère le fonctionnement du système nerveux central.

– La plus ignoble des expériences que j'ai eues à pratiquer était celle de la manipulation transgénique sur des nouveau-nés.

– Inoculer des gènes aux nouveau-nés pour en faire des super bébés intelligents ou les doter de certaines autres capacités était déjà un geste éthiquement critiquable.

– Mais le pire était de leur injecter des hormones de croissance qui faisaient d'eux des monstres surdimensionnés ; ainsi, à peine âgés de six mois, ils ressemblaient à des bébés géants.

– Ce que je viens de citer, Marylin, ce n'est que les tests pratiqués dans l'unité d'expérimentation où je travaille, mais probablement d'autres unités feraient des expériences sur des humains au moins équivalents sinon pires.

– En résumé, là ou des laboratoires éthiques pratiquent des expériences sur des rats de laboratoires, à la bâtisse c'est directement sur les humains.

Une question turlupinait l'esprit de la biologiste, elle la posa à son collègue :

– Ce que je ne comprends pas, dans l'unité biologique où je travaille, nous inventons des vaccins médicaux également ?

– Oui Marylin, mais pas pour de la prévention médicale

, – Ah bon, comment ça ?

– En fait, ce sont des antidotes destinés à l'armée pour contrecarrer des attaques bactériologiques ennemies comme les terroristes ou des états peu respectueux des conventions internationales.

Pire, ils produisent eux-mêmes des virus qui, lorsqu'ils sont introduits parmi la population d'un état quelconque, peuvent faire des milliers de morts sans pouvoir les guérir.

Marylin, malgré les suspicions qu'elle entretenait à propos des recherches scientifiques dans la bâtisse, elle était loin d'imaginer ce que vient de lui révéler son collègue chercheur ; elle aura prochainement d'autres informations de son ami, le professeur Harold, chercheur dans le laboratoire des neurosciences, qui devrait lui faire des révélations sur ce qui se passe dans son unité de recherches.

Un jour plus tard, Marylin recevait chez elle le professeur Harold devenu ami intime depuis.

– Bon Marylin, je ne passerai à confesse que si tu me sers un bon verre de Bourbon glacé ?

C'est alors que le professeur commença à décrire les pratiques dans son unité scientifique des neurosciences.

– D'abord, il faut savoir que les neurosciences concernent essentiellement le cerveau humain, malgré ses cent milliards de neurones nous arrivons aujourd'hui à reproduire intégralement un cerveau humain, le dupliquer d'un humain à un autre, le reprogrammer totalement ou partiellement, ajouter ou soustraire des fonctions spécifiques, et cætera.

– La combinaison de la puissance de calcul des outils informatiques, des neurosciences et de la biologie au sens large du mot, est, à un degré tellement avancé, que nous pourrions reproduire des espèces humaines à la demande.

– Médicalement parlant, ces prouesses neuro-techniques seraient un grand secours pour le traitement de certaines maladies comme parkinson ou contre la dépression et les troubles psychiatriques, il en est autrement, car c'est réservé exclusivement à un usage militaire.

– Bref, pour ce qui concerne les expérimentations, elles sont de deux natures, du moins dans l'unité où j'exerce.

– La première est l'effacement des mémoires. Nous localisons, par l'action de l'imagerie couplée à un ordinateur, la zone du cerveau concernée, puis nous lui transmettons des pulsions énergiques directement sur les neurones. Le résultat est comme celui que vous obtiendrez en effaçant à l'aide d'une gomme un texte écrit au crayon sur une feuille de papier.

– On tenta de nous persuader que cette technique était utile pour effacer des souvenirs douloureux particulièrement chez les soldats qui souffrent de stress post-traumatiques des guerres en Afghanistan, en Irak ou autre.

– Mais hélas, cette technique peut aussi bien servir à effacer une opinion politique ou religieuse et la remplacer par une autre par exemple.

– La deuxième technique consiste à implanter des puces électroniques dans la boîte crânienne d'un individu. Elles se substituent partiellement aux neurones du patient pour lui faire exécuter des instructions programmées.

– Ces puces sont ensuite actionnées à distance par un ordinateur pour que le patient accomplisse les ordres prévus.

– Te souviens-tu des deux zombis qui erraient dans le camp de Slab dwelling puis enlevés et leurs corps retrouvés avec les têtes décapitées ?

– Bien sûr que oui, on n'a jamais su, pourquoi et par qui ?

– Ces deux zombis avaient servi de cobayes sur qui une ancienne équipe leur avait implanté des puces dans la boîte crânienne.

– Mais alors, répliqua Marylin, c'est donc les agents de la bâtisse qui les avaient enlevés et décapités !

– Non, probablement des militaires pour préserver le sempiternel secret défense.

– Parallèlement, des scientifiques militaires ont mis au point une technique qui, combinée avec des méta matériaux, rendrait invisibles des êtres. Elle a été testée sur ces mêmes humanoïdes en temps réel avec un résultat spectaculaire.

Après les révélations, Marylin et le professeur Harold sortirent pour dîner à l'extérieur et revinrent deux heures plus tard dans le coquet appartement de l'espionne et charmeuse, biologiste.

XV

Tracy avait rejoint son poste de travail au centre de recherche à Tamanrasset en Algérie depuis trois mois. Un centre en plein désert, mais pourvu de toutes les commodités de vie.

Ce centre de recherche n'est autre qu'une partie de celui qui existait auparavant dans un centre de recherche militaire à proximité de la bâtisse de Californie. Il explorait un domaine assez particulier, celui de l'invisibilité qui consiste à rendre des êtres ou des objets invisibles.

Parmi leur exploit, les chercheurs avaient réussi techniquement, avec la combinaison des faisceaux de lumière infrarouges et ultraviolets à rendre modestement invisibles quelques objets et des parties du corps humain.

Ce résultat de moindre envergure les encouragea à déployer d'autres techniques et c'est alors qu'ils s'aperçurent qu'une météorite, tombée dans le désert Californien contenait des particules qui, combinées avec d'autres matières et de l'énergie, donnaient des résultats plus que probants en matière d'invisibilité.

En effet, avec ces particules, les chercheurs réussirent à isoler le champ magnétique autour de l'homme ou l'animal à rendre invisible ; ils introduisent dans ce même champ magnétique des faisceaux infrarouges, ultraviolets et d'autres matériaux et le résultat est impressionnant : l'homme ou l'animal peut ainsi se mouvoir naturellement dans l'espace sans être vu !

Une expérience en temps réel avait été réalisée lors d'une conférence à l'intérieur même de la bâtisse, mais sous le thème trompeur du paranormal ou de pouvoir d'invisibilité issu de livres religieux comme la kabbale ou le satanisme.

Lors de cette démonstration, un homme arrive invisible à l'œil nu sur la scène, s'assoit sur une chaise puis désactive le système d'invisibilité, le laissant donc réapparaître naturellement ; puis, grâce à des codes gestuels entre lui et un autre homme invisible, il lui ordonnait par un simple regard ce qu'il devait faire.

Par exemple, récupérer un chien des genoux de sa maîtresse et le hisser tout haut puis le déposer sur la scène, l'homme étant invisible, le chien semblait léviter tout seul ; retenir aussi, par-derrière, sa maîtresse qui tentait d'escalader les marches pour reprendre son chien ou encore faire apparaître et disparaître un serpent à côté du chien, etc.

Si le processus d'invisibilité était quasiment fiable avec l'apport des particules de cette météorite, il restait un énorme problème à résoudre, à savoir, celui de l'approvisionnement en particules prélevées sur la météorite, car celle de Californie était trop petite et donc insuffisante.

En consultant la liste des chutes des météorites, il s'était avéré que parmi celles tombées sur le territoire américain, aucune météorite ne contenait les caractéristiques de celle de la Californie.

Par contre, dans l'immense désert algérien, des météorites contenant les particules recherchées pour les besoins de l'invisibilité étaient présentes en abondance et de grandes tailles, partiellement apparentes ou enfouies sous les sables du Sahara précisément dans la région de Tamanrasset.

Ce n'est qu'après moult négociations diplomatiques entre Algériens et Américains, qu'il a été convenu d'installer ce centre de recherche dans la zone des météorites. Les Américains s'approvisionneraient suffisamment en particules de météorites, et les Algériens bénéficieront, en contrepartie, de cette technologie et contribueront également aux recherches de ce centre en employant leurs chercheurs binationaux implantés de préférence aux États unis.

L'armée algérienne et l'armée américaine, qui disposent de camps militaires dans les pays limitrophes du Sahel, avaient testé conjointement cette nouvelle technique d'invisibilité qui s'avère une arme redoutable pour combattre les terroristes qui infestent la région.

Il reste cependant à perfectionner cette technique d'invisibilité surtout pour les militaires. Elle pouvait rendre les êtres vivants invisibles, comme les militaires, mais elle ne pouvait pas rendre invisibles des matières inertes telles les armes, les chars ou autres matériels militaires.

Une unité de recherches dans ce centre avait été mise en place avec une équipe d'Algériens et d'Américains de biologistes, physiciens et chimistes afin de combler la lacune de cette importante découverte.

Tracy, la biologiste californienne nouvellement recrutée, éprouvait de plus en plus de difficultés à s'intégrer dans ce nouveau centre de recherche à vocation militaire, dominé par une junte masculine à la discipline rigoureuse, sauf à courtiser la charmante Tracy.

Bien qu'elle soit en contact permanent avec ses parents et quelques autres amis, elle avait la nostalgie de sa Californie natale, rangée notamment par le regret d'avoir accepté précipitamment ce poste de travail sur un coup de tête pour fuir ses problèmes amoureux.

La situation s'était davantage aggravée, le jour où ses parents lui apprirent que John, son courtisan, avait été enlevé en sortant de la réunion qu'il avait organisée pour établir le rapport final des enquêtes sur la bâtisse et que Ronald, son fiancé, avait certes fait des progrès contre sa maladie maniaco-dépressive, mais qu'il restait beaucoup à faire pour qu'il s'en sorte définitivement.

Si logiquement l'état de son fiancé Ronald était plausible dès lors qu'elle connaissait d'avance l'état de sa maladie, c'est à propos de l'enlèvement de John qu'elle s'interrogeait le plus ; le peu de temps qu'elle l'ait fréquenté, elle ne lui connaissait pas des ennemis susceptibles de l'enlever à moins que cela ne soit en rapport avec ses enquêtes sur la bâtisse.

Un jour alors qu'elle était attablée au restaurant du centre de recherche, une jeune brune en blouse blanche se dirigea vers elle puis l'interpella :

– Bonjour, excusez-moi de vous importuner ?

– Je vous en prie, répondit Tracy

– Mon nom de famille est OTHEMANE et vous portez également ce nom, m'a-t-on dit ?

– Oui, OTHMANN, exactement

– Ma famille est originaire de Constantine, votre père ne serait-il pas de cette même ville ?

– Exact, mon père est bien né à Constantine et le nom OTHMANN a été juste américanisé orthographiquement, car mon père s'était naturalisé américain en arrivant aux États unis, il y a de cela une quarantaine d'années environ.

– Il ne s'appellerait pas Karim de son prénom ?

– Si, je suis troublée par ce que vous me dites, Madame !

– Tonton Karim est le frère aîné de ma mère, nous sommes donc des cousines, vous imaginez la coïncidence ?

Les deux filles s'enlacèrent aussitôt, des larmes de joie coulaient en abondance sur leurs joues.

La nouvelle cousine de Tracy, chimiste dans la même unité de recherche dans le centre, lui expliqua sommairement que son père avait eu un léger différend avec ses parents concernant son départ aux États unis alors que sa bourse d'études était pour la France. Il était revenu à Constantine cinq ans plus tard à la mort de son père puis personne ne l'a plus revu depuis.

La cousine ne connaît pas son oncle Karim, car elle n'était pas encore née, mais que sa mère ne cessait de lui parler de lui chaque fois qu'elle évoquait ses souvenirs avec son grand frère qu'était Karim, elle avait les larmes aux yeux.

Arrivée dans son appartement, Tracy appela immédiatement son père avec un enthousiasme débordant. Elle lui raconta passionnément sa rencontre inattendue avec la cousine.

Le père, la voix presque étouffée par l'émotion, expliqua à sa fille ses deux plus grandes bêtises à propos de sa famille d'Algérie et ses regrets de n'avoir pas su comment renouer avec elle.

La première était de penser que ses parents l'empêchaient d'aller aux États unis délibérément, alors qu'ils voulaient simplement qu'il aille en France pour pouvoir le voir, plus souvent, car la France était moins loin que les États unis.

La seconde ânerie, était d'avoir surdimensionné la remontrance d'une grand-mère, qui, aux obsèques de son père, l'interpella brutalement en lui reprochant que son père était mort de chagrin à cause de lui.

Depuis ce jour-là, Tracy et sa providentielle cousine Samira ne se quittèrent plus d'une semelle.

Elles décidèrent de passer un Week-End en famille à Constantine

– Tracy, toute la famille à Constantine est en ébullition, ils attendent tous de rencontrer la fille du fugitif Karim

– Et si nous ne partions pas le plus vite, c'est toute la smala qui va débarquer à Tamanrasset ?

– Mais Samira, je ne connais personne là-bas ?

– Ne t'inquiète pas, toute la famille te connaît et parle de toi déjà à Constantine, même à Alger et Oran, le fameux téléphone arabe.

– Ton père Karim est un célèbre membre de la famille que personne n'a oublié, nous attendons tous de le revoir un jour malgré cette longue absence.

– Ton seul risque, attachement familial à l'Oriental oblige, c'est d'être envahi d'affections de toute part.

Tracy très émue, des larmes démaquillaient ses joues sous le regard attendri de sa cousine ; elle fit un grand soupir puis :

– Mais mon père va mourir de jalousie ?

– Eh bien, il n'a qu'à venir, répliqua Samira suivie d'un éclat de rire.

– Tracy, veux-tu m'aider à faire plaisir à ma mère ?

– Bien sûr, Samira !

– Peux-tu me noter le numéro de téléphone de ton père sur un papier, mais exactement comme tu le composes toi-même pour appeler mon oncle Karim ?

– Important, car ma mère sait appeler tout le monde en Algérie, mais pas à l'étranger

– Mais très volontiers, cousine !

Les deux cousines déjeunèrent au restaurant du centre de recherches, devenu un rituel depuis qu'elles se connaissent. Elles discutèrent de l'organisation de leur futur voyage à Constantine et échangèrent quelques confidences entre filles sur leurs amoureux respectifs. Samira est mariée à un jeune chimiste comme elle depuis un an, Tracy parla surtout de son petit ami Ronald, des quelques déboires qu'elle affronta consécutive à sa maladie maniaco-dépressive et qu'elle ne désespérait pas de le voir guérir un jour. Elle a juste fait quelques allusions à John, mais sans plus.

Trois jours plus tard, au sortir de son travail, Samira retrouva Tracy dans son appartement.

Avant même de s'embrasser, elle exhiba fièrement deux billets d'avion :

– Départ dans une semaine, ma belle, le congé professionnel accordé et famille prévenue pour l'accueil de la princesse Tracy.

Tracy ne savait quoi dire, sinon à balbutier une phrase pour payer le prix de son billet, une presque offense aux coutumes à l'égard de sa cousine.

Immédiatement, sa cousine sortie, Tracy, dans une incroyable euphorie, téléphona à ses parents ; c'est sa mère qui répondit en premier.

– Bonsoir, maman ! Tu vas bien, papa aussi ?

– Oui ma chérie et toi ça va ?

– Écoute maman, je n'ai jamais eu autant de considération à mon égard excepté le vôtre évidemment.

– La famille de papa est en ébullition comme si elle allait accueillir une princesse. C'est vraiment fou de fous.

– La cousine Samira est d'une gentillesse extraordinaire, elle est aux petits soins avec moi depuis le début de notre reconnaissance.

– Et toi, ma fille, que penses-tu de tout ça ?

– C'est un pur bonheur et dire que le goujat de mon père nous a privé pendant des années !

– Je suis d'accord avec toi, ma chérie.

– Je crois, ma fille, que l'enthousiasme de la famille de ton père en Algérie est arrivé chez nous, jusqu'à la Californie ?

– Comment ça ? Explique maman.

– Figure-toi qu'hier, une dame nous avait appelé, c'est ton père qui décrocha, il ne parlait qu'en français. Au début, il semblait ne pas comprendre puis, au fur et à mesure de la conversation, sa voix s'étouffait par moments, ses larmes coulées sur ses joues.

– Après avoir raccroché, il avait mis un temps pour se remettre, c'était sa sœur d'Algérie.

– Waouh, pauvre papa !

– Je te le passerai juste après, il attend son tour déjà

– Mais, ma chérie, j'ai quelque chose d'important à t'apprendre avant à propos de Ronald.

– Ronald, il va mieux ?

– Bien plus que ça, ma chérie !

La mère commença à expliquer à sa fille presque la totale guérison de son petit ami Ronald.

Devant le désarroi de cette terrible maladie, Ronald prit une décision risquée et courageuse à la fois. Il constatait que son traitement habituel atténuait ses souffrances, mais ne guérissait pas définitivement sa maladie maniaco-dépressive. Un jour, en discutant avec un ancien collègue de sa détermination à en finir avec ce mal, ce dernier, docteur en neurosciences, lui suggéra une solution.

De nos jours, lui disait-il, les technologies en neurosciences ont considérablement évolué ; nous pouvons isoler, dans le cerveau, la zone des neurones qui provoquent cette maladie dépressive.

En combinant de l'informatique, de l'imagerie, des algorithmes mathématiques et de l'énergie, nous arrivons à éradiquer à 90 % cette maladie.

Cependant, ce traitement neuronal n'est pas officiellement homologué et une opération de ce genre ne pourrait se réaliser sur lui qu'en se portant volontaire comme cobaye. Pour conclure, il lui proposa de l'accueillir dans son unité de recherches scientifiques et superviser lui-même le déroulement de l'intervention médicale.

Sans la moindre hésitation, Ronald donna immédiatement son accord et prit un rendez-vous pour la signature du protocole médical.

– Et comment est Ronald maintenant ?

– Ma chérie, comme l'avait dit sa mère, nous retrouvons notre Ronald d'avant !

– Mais maman, pourquoi ne m'a-t-il pas téléphoné ?

– Ronald mourrait d'envie de le faire, mais sa mère et moi-même lui avions conseillé d'attendre ton retour parmi nous, pour fêter l'évènement ensemble.

– La nouvelle était trop bonne pour te l'annoncer simplement par téléphone.

– Il y a ton père qui s'impatiente ma fille, tiens, je te le passe.

– Je t'embrasse ma chérie, à bientôt

Son père prit le combiné à son tour. Il lui décrivit l'intense émotion qu'il avait eue au téléphone avec sa sœur préférée d'Algérie. En un rien de temps, il s'était vu projeté dans sa prime jeunesse parmi sa famille et dans les rues de sa ville natale.

À l'écoute de sa sœur, sa vie et les complicités d'enfance qu'il entretenait avec elle, défilaient comme dans un film et augmentaient, au fur et à mesure, les remords qu'ils le rangeaient déjà, telle une tumeur dans son cœur, depuis bientôt quarante ans d'exil volontaire.

– Mon papa chéri, tu es un goujat !

– Tu nous as privé de ce bonheur familial et tu t'es condamné toi-même à ne pas le vivre pour des raisons bénignes.

– Mais ne t'inquiète pas papa, je serai dans une semaine à Constantine avec ma cousine, je plaiderai ta cause

– Je compte sur toi ma chérie, pour préparer le terrain de la réconciliation.

– Au fait ma fille, as-tu lu quelque chose dans les journaux à propos de John et la bâtisse ?

– Non, pourquoi papa, qu'est-ce qui se passe ?

Le père lui décrivit sommairement la situation : après l'enlèvement de John à la sortie de sa réunion, les médias se sont emparés de l'affaire, elle est devenue un scandale, en perspective.

En fait, c'était un important cabinet de détectives privés, commandité par un groupement de médias d'investigations qui fût à l'initiative de cette enquête.

John n'a toujours pas été retrouvé et les travaux secrets de l'armée dans la bâtisse ont été révélés au public malgré les pressions de l'armée.

– Et tu penses que John a été assassiné ?

– Il a été probablement enlevé par les services secrets ou l'armée pour l'empêcher de faire des révélations sur enquêtes.

– D'accord, papa, tu me diras la suite la prochaine fois, t'embrasses maman sans oublier mon toutou Bobby évidemment.

– Promis, bye, ma fille.

Après une longue semaine d'attente, c'est le jour de départ pour la visite familiale prévue.

Les deux belles et gracieuses cousines n'ont pas eu de mal à se faire accompagner jusqu'à l'aéroport distant d'une dizaine de kilomètres.

Un peu plus deux heures de vol, elles atterrissaient à l'aéroport de Constantine avec un changement de température bien moins chaude qu'au Sahara.

Dans le hall, vint à leur rencontre un homme, c'est le mari de Samira, derrière lui, en retrait, une femme et deux autres jeunes garçons. Première surprise pour Tracy, ils avaient tous les trois un air de famille évident avec son père.

En sortant de l'aéroport, une autre surprise de taille attendait Tracy : toute la smala des OTHMANE était là. Une trentaine d'hommes et de femmes brandissaient des pancartes sur lesquelles on lisait : « WELCOME TO YOUR FAMILY Tracy ».

Tracy très émue, ses larmes ruisselantes et soutenue par sa cousine, prend place dans une voiture.

Un cortège d'une dizaine de véhicules, klaxons et drapeaux américains et algériens flottant au-dessus des toits, arrive enfin en ville, à proximité de la grande villa familiale.

Devant la porte d'entrée, Samira écarta péremptoirement les accompagnateurs, seule Tracy était à ses côtés.

En traversant le seuil qui donne sur un grand salon, Tracy, lançant un strident « OH MY GOD », découvre en face d'elle, son père et sa mère vêtus d'habits traditionnels et assis à leur côté, Ronald, l'homme de sa vie.

Chapitre XVI

Après les festivités et les rencontres familiales, la cousine de Tracy fait visiter aux deux amoureux Constantine, la ville aux multiples ponts qui donne à chaque fois, le vertige à ceux qui ne l'habitent pas.

Mais ce n'est qu'une simple routine de visiter la ville, car l'ingénieuse cousine visait un projet plus grand, organiser un voyage pour Tracy et Ronald dans les plus beaux sites du Sahara algérien, le Hoggar, un lieu original ou l'on se croirait sur une autre planète.

Sans demander leur avis, Samira réserva l'hôtel le plus huppé de la région ainsi que des circuits à dos de chameau.

Elle parla secrètement à Tracy de son projet en y mettant le plus grand soin à vanter ce circuit qu'elle a elle-même fait pour ses fiançailles.

À son arrivée sur les lieux, Ronald, quoiqu' habitué au désert californien, est émerveillé par l'immensité du Sahara Algérien, une sorte de plage de sable qui s'étire sur des milliers de kilomètres avec des dunes, des montagnes et des reliefs à couper le souffle.

Il reste à Tracy et sa cousine encore deux jours de libres sur leur semaine de vacances et elles vont les mettre à profit.

Après une nuit apaisante dans l'hôtel, le lendemain Tracy et Ronald, joyeux et réconciliés, accompagné de la cousine Samira, entamèrent leur premier circuit à dos de chameau, une caravane qui va sillonner un trajet à travers les dunes et les inattendues montagnes en plein désert.

Après quelques chevauchées, le chamelier s'arrêta dans une oasis pour faire boire les chameaux et en même temps, faire découvrir à ses convives la particularité de ce lieu verdâtre, une eau limpide qui arrosait des arbres fruitiers essentiellement des dattiers et des orangers au pourtour de la source.

Il n'y avait personne en vue tant dans l'oasis même que dans son environnement immédiat puis émergent soudain, comme sortis de sous terre, tour à tour, des hommes en treillis pointant leurs fusils sur le trio tremblotant de peur et il y avait de quoi, car la région était truffée de terroristes qui capturaient les touristes puis demander une rançon pour leur libération.

Ronald s'approcha de Tracy, la prit dans ses bras pour la réconforter quand un des militaires lui intima l'ordre de s'écarter d'elle.

La peur est à son summum, Tracy et Samira pleurent, Ronald, l'air décontenancé, soucieux de ce qui pourrait leur arriver sans qu'il puisse faire quoi que ce soit pour s'en sortir de ce péril.

Samira, remise un peu de sa panique, s'adressa timidement en arabe à l'un des militaires qui semblait être le chef :

– Excusez-moi monsieur, je suis une Algérienne et ma cousine Tracy, son père est également Algérien, nous ne sommes pas des touristes étrangers, laissez-nous repartir s'il vous plaît.

Le militaire resta de marbre, comme s'il ne comprenait pas la requête de Samira.

Ronald, n'avait pas révélé à Tracy que lui aussi avait l'intention de se faire embaucher dans le laboratoire informatique du centre de recherche de Tamanrasset pour être près d'elle. Il voulait lui réserver la surprise lors de ce voyage pour le lui dire, mais cette occasion favorable sera contrariée par cet évènement, aussi décida-t-il de le lui dire malgré la situation périlleuse ; il s'approcha d'elle et presque à haute voix :

Chérie, je devais te faire une surprise, mais c'est raté.

– Sache que moi aussi, j'ai postulé pour un poste dans le centre de recherche de Tamanrasset pour être auprès de toi et te prouver mon amour.

– Quoi, répondit Tracy, tu as déjà signé un contrat ?

À ce moment même, un des militaires interrompt leur discussion, dans un anglais parfait, les interpella :

– Vous êtes Américains ?

Les yeux brillants de joie, ils répondirent en chœur :

– Oui nous sommes des Américains !

Entre-temps arrive le guide-chamelier apparemment décontracté ; il salua les militaires simultanément en langue arabe et anglaise et leur expliqua ensuite que c'est que de simples touristes.

En repartant, l'un des militaires, s'adressant particulièrement à Samira en arabe algérien, lui dit :

– Par mesure de sécurité dans la région, il faut toujours être accompagné d'un guide accrédité.

Samira lui fit un signe d'approbation et le remercia.

C'est au tour de la caravane de repartir, tout ce petit monde s'est remis de ses émotions.

Sur la route de retour, le guide chamelier leur expliqua que cette oasis n'était pas loin d'un centre d'entraînement des militaires algériens et américains et que, par mesure de sécurité, seuls les visiteurs accompagnés d'un guide local sont autorisés à passer à proximité du centre.

Cependant, le trio de touristes, intrigué, questionna le guide sur cette subite apparition des soldats alors qu'il n'y avait absolument personne en arrivant dans l'oasis.

— Vous savez, dans le Sahara, nous voyons souvent des choses irréelles apparaître, ce n'est que des mirages, ni moins ni plus.

— Pourtant, répliqua Ronald, nous les avions vus émerger l'un à la suite de l'autre comme des fantômes tombés du ciel ?

Le guide, semblant gêner par ces questions, s'en tiendra à la version des mirages.

En arrivant à l'hôtel, c'est la fête après tant d'émotion, ils ont réservé la meilleure table du restaurant de l'hôtel pour dîner. Deux heures plus tard, le trio rejoignit le dancing au sous-sol de l'hôtel et resta jusqu'à l'aube.

Au cours de cette soirée, Tracy semblait un peu mal à l'aise.

Elle remarqua que Donald dansait à plusieurs reprises avec sa cousine Samira, il avait constamment sa bouche à l'oreille de sa cavalière et la psychose d'une rechute de la maladie polaire de son petit ami commençait à l'inquiéter.

Ils repartirent après cette soirée, Tracy et Donald regagnaient leur chambre tandis que Samira téléphonait à son mari pour venir la chercher.

Tracy, par prudence, ne dit mot ni à Ronald ni à sa cousine Samira à propos de ce qu'elle avait remarqué dans le dancing.

Le lendemain matin, Tracy rejoindra son poste de travail tandis que Ronald restait à l'hôtel pour un farniente prolongé.

D'habitude, Tracy déjeunait au restaurant du lieu de son travail, mais cette fois-ci elle alla retrouver Ronald à l'hôtel.

Une surprise de taille va lui couper le souffle et augmenter sa hantise de voir Ronald récidiver.

Il était attablé dans le salon de l'hôtel avec une charmante dame du genre qu'il affectionne particulièrement.

Folle de rage, elle interrompt leur discussion, tire sans management par le bras son petit ami et monte ensemble dans la chambre.

— Écoute Ronald, ça suffit maintenant, je ne veux plus te voir à jamais ?

— Je croyais cette manie finie et nous revoilà donc au même point de départ !

— Ronald paisible, lui rétorqua

— Tracy, ma chérie, je comprends ta réaction et je vais t'expliquer :

— Tu ne vas rien m'expliquer, je connais tes bobards par cœur, tu dégages de ma vie et laisse-moi tranquille s'il te plaît !

— Écoute Tracy, ma chérie, la femme avec qui j'étais attablé est la responsable d'accueil des cadres qui seront nouvellement embauchés au centre de recherche.

— Elle m'a juste expliqué les démarches pour être accueillie dans de bonnes conditions pour rejoindre mon poste.

– D'accord soit Ronald ! Et ton manège avec ma propre cousine Samira dans le dancing, tu crois que je n'ai rien vu ?

– Là encore, tu n'as aucune raison de t'inquiéter Tracy

– Si ça peut te rassurer, demande à ta cousine, elle pourra peut-être t'expliquer l'objet de nos discussions en dansant avec elle.

– Sérieusement Ronald, dois-je réellement te faire confiance ?

– Absolument, tu sais Tracy, j'ai beaucoup changé depuis.

Tracy sur le moment convaincue, elle s'interroge sur ce que pourrait lui dire sa cousine et pourquoi Ronald ne le lui dit pas directement ; il ne lui a pas reparlé non plus de son éventuel contrat d'embauche dans le centre de recherche ou elle travaille.

Tracy et Ronald, après leur dîner au restaurant de l'hôtel, regagnent leur chambre.

À peine arrivée, Tracy demande à Ronald de lui parler de son futur contrat au centre de recherche de Tamanrasset.

– Ronald, n'as-tu pas oublié de me reparler de ton contrat d'embauche au centre de recherche ?

— L'as-tu signé ou pas encore ?

— Mais d'abord, promets-moi de ne pas t'énerver, car c'est Jennifer, la secrétaire de direction de la bâtisse qui m'avait recontacté pour me reproposer le poste.

— Tu te souviens probablement de Jennifer puisque c'est elle qui t'a embauché avant moi ?

– Bien sûr que je me souviens d'elle et pas seulement que pour le contrat.

La fameuse Jennifer était bien celle à l'origine de l'embauche de Tracy dans le centre de recherche, mais elle avait eu aussi une relation équivoque avec son ami Ronald.

— Donc tu l'as revu, cette voleuse d'hommes, et tu es ressorti avec elle ?

— Tracy, rassure-toi, je ne suis plus l'homme qui convoitait à tout bout de champ les femmes.

— Depuis ma guérison de l'horrible maladie polaire qui avait empesté nos relations, aujourd'hui une seule femme compte dans ma vie et c'est toi Tracy.

— Taratata, Ronald, raconte la suite ?

— Jennifer m'a téléphoné un jour pour me reproposer un poste dans le centre de recherche en Californie ou celui de Tamanrasset en Algérie.

— Je voulais vraiment être auprès de toi et j'ai donc accepté la proposition pour le centre de recherche de Tamanrasset avec de vifs encouragements de ta mère et la mienne.

— Je me suis rendu donc à la bâtisse pour un entretien avec le directeur de l'établissement ; ce jour-là, Jennifer n'était pas là.

— Le directeur m'avait énuméré les avantages du salaire et de la future promotion liée à ce poste alors que moi, l'ultime motivation était de te rejoindre.

— Et tu as déjà signé ton contrat ou pas encore ?

— Je dois le signer à mon retour à Los Angeles, mais je dois te demander ton avis d'abord.

Tracy écouta attentivement les explications de Ronald avec un air contrarié, elle lui rétorqua :

— Au risque de te contrarier chéri, je crois qu'il vaudrait mieux que tu n'acceptes pas ce poste.

– Il se passe des choses étranges dans ce centre de recherche que ni la morale ni l'éthique scientifique ne l'accepteraient.

– D'ailleurs, moi-même, je n'attends que la fin de mon contrat, pour quitter ce centre.

– Embauchée initialement comme biologiste pour des recherches scientifiques à but humanitaire, je me suis retrouvée progressivement dans des services de pures manipulations génétiques dont les conséquences sont des plus désastreuses.

– Depuis que je suis arrivée, le centre de recherche a été agrandi et je crois même que les services de recherches scientifiques de la bâtisse ont été réimplantés ici.

– Ils ont installé des camps d'expérimentations, gardés par les militaires, autour du centre de recherche et je crois même que celui auprès duquel nous étions passés avec le guide touristique d'hier, en faisait partie.

– En plus, avec ton contrat, ils te font signer un autre document de quatre pages t'interdisant de révéler la moindre activité du centre, sous peine de sévères sanctions.

Ronald, reste méditatif d'une part, il souhaite être auprès de Tracy et de l'autre cet emploi lui paraît compromis par ce qu'elle vient de lui révéler.

Le lendemain matin, Tracy repart à son travail. Elle attend impatiemment l'heure du déjeuner pour revoir sa cousine et lui demander l'objet de sa discussion secrète avec son ami Ronald, la dernière nuit au dancing.

Malgré son insistance, Samira ne lui dira rien et tente à chaque fois de détourner la discussion sur un autre sujet.

— Tu sais Tracy, il faut absolument que nous visitions demain le Hoggar avant que Ronald ne reparte, il y a quelque chose de gigantesque que nous ne pourrions rater.

— Nous irons tous les quatre toi, Ronald, mon mari et moi.

— À une condition Samira, que tu m'avoues ce que t'a dit Ronald au dancing d'accord.

— Peut-être, répondit Samira.

Le lendemain, Tracy, Ronald, Samira et son mari partirent en voiture cette fois-ci, dans un village de Touaregs situé à quelques kilomètres de là.

En arrivant au village, ils sont reçus par les villageois Touaregs avec une extrême gentillesse et découvrent, quelques mètres plus loin, un endroit pour la célébration d'une fête.

Des femmes avec des vêtements colorés, des hommes habillés de leur traditionnel habit blanc et le visage à moitié couvert d'un tissu bleu, un orchestre prêt à jouer du tambourin et du violent et quelques cavaliers à dos de chameaux tenant chacun un fusil à la main, et une tente colorée de guirlandes dressée au beau milieu de la scène.

Ils sont accueillis avec des youyous stridents et continus tels que la réception paraissait plus qu'un simple accueil de touristes.

Un homme d'âge mûr au visage cuivré, probablement le chef de la tribu, accompagné d'une sorte d'habilleuse, va à la rencontre des deux couples.

Tracy et Samira, accompagnées par l'habilleuse, Ronald et le mari de sa cousine par le chef de tribu lui-même, sont guidés vers la tente.

Il invita Samira à s'asseoir en face de Tracy et son mari en face de Ronald ; l'habilleuse remet une robe typiquement locale à Tracy puis à nouveau un burnous, une sorte de cape blanche à Ronald en leur faisant signe de se vêtir.

Le chef de tribu prit place entre les deux groupes et demanda à Ronald de formuler sa demande et à Samira de traduire en arabe.

– Tracy, ma chérie, veux-tu m'épouser ?

Tracy, émue des larmes de joie aux yeux, s'apprêtait à se lever pour rejoindre Ronald et le lui dire à l'oreille sauf que Samira lui coupa son élan, d'une voix presque autoritaire, lui dit « reste là ».

– Le chef de tribu attend ta réponse Tracy ?

– Oui, j'accepte Ronald pour époux.

– Bien, déclare le chef de tribu, devant les témoins et Allah, vous êtes dès maintenant mari et femme, la dot de la conjointe, comme le veut la tradition, sera de deux moutons ou un dromadaire.

Les mariés esquissent un large sourire, à propos de la dot.

Le chef de tribu sort et fait un signe à la foule.

Des youyous, des coups de feu et des chants retentissent.

Un groupe de jeunes filles vient chercher la mariée, un autre groupe de garçons fait de même pour le conjoint. Ils se dirigèrent au milieu de la scène et dansèrent ; Tracy et Ronald tentant vainement de suivre le rythme.

La fête se termine par un superbe méchoui. Deux heures plus tard, Tracy, Ronald, Samira et son mari entament le chemin du retour en remémorant cette superbe et originale demande en mariage.

Tracy n'arrêtait pas d'embrasser Ronald et Samira en les remerciant de cette agréable surprise, cependant elle reprochait à sa cousine son mutisme qui précéda la cérémonie.

- Samira la cachottière, tu aurais pu me le dire avant, je me serais habillé autrement qu'avec un jeans ?

- Tracy, la robe touareg te va à ravir, tu as l'air d'une véritable bédouine à part le teint blanc de ton visage !

- Tracy, après un éclat de rire, se retourna vers Ronald et lui dit :

- Alors comme ça, tu as plus de complicité avec ma cousine qu'avec moi-même, hein !

Chapitre XVII

Ronald repartit comme prévu à Los Angeles, un long trajet qui lui laissera du temps pour méditer son devenir.

Il est accueilli à l'aéroport par son père, sa mère et la mère de Tracy qui était rentrée entre-temps également d'Algérie.

Un accueil princier, mais que de questions tout au long du trajet

Après un bon dîner en son honneur et une bonne nuit, il partit le lendemain à son travail.

Il devait prendre contact avec la bâtisse pour annuler son projet de contrat d'embauche, comme le lui avait suggéré Tracy, mais il s'accorda un peu plus de temps pour réfléchir d'autant plus que la campagne médiatique contre la bâtisse, pour ses expérimentations inhumaines, continue de plus belle, prenant la tournure d'un vrai scandale.

Journaux, politiciens, scientifiques et citoyens s'insurgent et ne cessent de sommer l'État de Californie et le ministère de la Défense de s'expliquer à propos de ces dérapages scientifiques.

Des manifestations de grande ampleur eurent lieu particulièrement en Californie, mais également dans les autres états américains par solidarité.

De virulents débats à la télévision continuent de dénoncer les travaux de recherches, contre toute éthique que menèrent les scientifiques de la bâtisse.

Au parlement, les démocrates ont demandé une enquête et un rapport, mais le ministère de l'Intérieur soutenu par les républicains s'est opposé au prétexte que c'était une affaire relevant du secret d'État.

Quant au cabinet de détectives qui avait révélé ces pratiques scandaleuses, il a déposé plainte contre la bâtisse pour meurtre ou séquestration de son détective John, enlevé en sortant de la réunion de synthèse des enquêtes réalisées par son équipe au sein même de la bâtisse.

Des ONG ont demandé également au juge du canton de mettre sous séquestre la bâtisse et désigner des experts pour évaluer les recherches scientifiques et leurs conséquences à l'intérieur même de la bâtisse et de son environnement.

Le résultat de cette mobilisation, personne ne le sait encore d'autant que l'armée se retrancha opportunément derrière la notion du secret-défense.

Informé de ce qui se tramait dans la bâtisse, Ronald était tenté de téléphoner à Jennifer ou éventuellement à Margaret, pour avoir de plus amples informations puisque les deux filles travaillent dans la bâtisse, il renoncera, car son contact avec elles pouvait être mal interprété par sa fiancée Tracy.

Il pense se renseigner auprès du père de Tracy, ancien commissaire de police qui suit régulièrement les évènements de la bâtisse, car il fut, par le passé, lui-même chargé d'une enquête sur cet établissement.

D'ailleurs, c'est l'un de ses collaborateurs, John qui était chargé de l'enquête qui a révélé le scandale de la bâtisse.

John était une source d'information pour le père de Tracy sauf que l'inspecteur John a été kidnappé à la sortie de la réunion avec ses collaborateurs et l'on ne sait toujours pas ce qui lui était arrivé depuis.

Ronald a regagné son appartement qu'il partage avec sa fiancée Tracy, sa guérison achevée, il n'est plus domicilié chez ses parents comme à l'accoutumée, seul le chien du couple est resté en pension chez ses parents en attendant le retour de Tracy.

Ronald retrouve ses repères d'antan dans cet appartement et regrette déjà l'absence de Tracy qu'il a laissée en Algérie.

Il vérifia la ligne téléphonique pour savoir si elle était toujours en fonction et c'était le cas, car Tracy avait demandé à sa mère, avant de partir pour son nouveau travail, de payer les factures pour garder l'abonnement de la ligne.

Instinctivement, Ronald se dirigea vers le tableau "pense-bête", que le couple utilisait méthodiquement pour lister les choses à faire, il trouva, accroché au tableau, un message de Tracy pour rappeler John, le fameux enquêteur de la bâtisse qui a disparu depuis.

Il s'interrogea un long moment sur le rapport que pourrait avoir sa fiancée avec ce John sans pour autant être jaloux, car il ne doute pas de la fidélité de sa fiancée.

Alors qu'il faisait le tour de l'appartement quand, soudain, il entendit le craquement de la clé dans la porte, c'était la mère de Tracy qui venait de temps en temps dans l'appartement du couple surtout depuis que Tracy est partie à l'étranger.

–   Belle maman, content de vous revoir!

–   Sans Tracy, l'appartement est triste n'est-ce pas ?

La mère de Tracy l'embrassa en le serrant fort dans ses bras, puis elle lui dit

–   Exact, mais patience, c'est juste une question de temps.

La mère de Tracy et Ronald évoquèrent longtemps les souvenirs de leur voyage en Algérie, elle lui dit également que Tracy lui avait téléphoné hier et qu'elle semblait être aux anges sans lui expliquer pourquoi.

–   Belle maman, moi aussi je suis très heureux depuis mon voyage en compagnie de Tracy à Tamanrasset, mais je ne vous dirais pas pourquoi non plus.

–   Et l'as-tu dit à ta mère ?

–   Non plus !

–   Mais, qu'est-ce que vous manigancez vous deux ?

En fait, Tracy et Ronald ont décidé d'un commun accord de ne pas révéler le projet de mariage qu'en la présence des deux familles lorsque Tracy reviendra à Los Angeles lors de sa traditionnelle semaine de congé.

Encore intrigué par le message trouvé au tableau à propos de John, Ronald n'hésita pas à poser la question à la mère de Tracy.

–   Belle maman, connaissez-vous John ?

–   John, c'était un ancien collaborateur de mon mari, celui qui avait fait l'enquête sur la bâtisse et qui a déchaîné un vrai scandale.

– Il a été kidnappé à la sortie d'une réunion, on suspecte l'armée d'être à l'origine de son enlèvement.

– D'autres sources évoquent même qu'il serait dans la bâtisse pour lui faire subir un lavage de mémoire.

– Il est venu souvent à la maison pour demander conseil à mon mari, son ancien patron.

– Mais tu dois le connaître aussi ? Puisque tu l'as certainement rencontré avec Tracy lorsque vous étiez à la dernière conférence à la bâtisse.

– Exact, je me souviens maintenant, il faut dire qu'à cette époque, je subissais les affres de ma maladie.

– Si tu veux, viens dîner ce soir à la maison, le père de Tracy pourra t'en dire davantage.

– C'est d'accord, mais je mangerais bien un bon steak, pas ton plat algérien, car j'en ai assez mangé en vacances !

– D'accord Ronald, on t'attend pour ce soir.

– Est que tu as du linge à laver ? Tracy disait que tu ne savais pas utiliser la machine à laver.

– Elle exagère Tracy, quand même pour l'ingénieur informatique que je suis !

Comme convenu, Ronald se rendit pour le dîner chez les parents de Tracy ; avant même que la porte ne s'ouvre, des aboiements se font entendre, c'est Bobby le chien qui a dû sentir la présence de son maître. Dès la porte ouverte, il se jeta dans les bras de Ronald en le léchant sans arrêt.

Ronald dépose le chien pour embrasser ses beaux-parents alors que le chien le suivait sans relâche.

Il embrassa la mère puis le père de Tracy et la discussion commence aussitôt à propos de leur voyage en Algérie ; le père et la mère étaient émerveillés par leur séjour et de l'accueil que leur avait réservé la grande famille des OTHMANN.

Ronald quant à lui n'hésita pas à décrire son voyage avec Tracy dans le Sahara Algérien, l'immensité du désert, mais ne dit mot sur sa demande en mariage et encore moins sur son déroulement dans le cadre original des Touaregs.

Après le dîner, c'est autour de la discussion sur John et la bâtisse.

C'est le père de Tracy qui commença :

– Bon, j'aborde d'abord le cas de John, un sujet qui semble t'intéresser d'après ta mère.

– Avant que je ne reprenne ma retraite de commissaire à Los Angeles, John était un des officiers sous mon commandement.

– C'est un homme sérieux, courageux, travailleur et fidèle à l'amitié puisque c'est un des rares collaborateurs qui vient souvent me rendre visite, me parler de ses déboires et ses réussites professionnelles.

– La dernière mission qui lui a été confiée est celle de l'enquête sur la mystérieuse bâtisse.

– Il venait me voir souvent à ce sujet, car il y a environ trois ans, je coordonnais moi-même une enquête sur cette bâtisse qui avait été, au demeurant, escamotée par le ministère de la Défense et un lobby politique.

– John et quelques autres anciens collaborateurs m'informaient discrètement du déroulement de cette nouvelle enquête et venaient parfois me demander conseil.

– Alors qu'il s'apprêtait à rendre compte de sa mission, John a été kidnappé à la sortie de la réunion.

- Dans un premier temps, nous avions pensé que cela pouvait être l'œuvre du ministère de la Défense ou de la CIA pour le soustraire, afin d'éviter la divulgation de ses enquêtes.

- Mais, les dernières investigations le concernant s'orientent plutôt vers un enlèvement organisé par la bâtisse elle-même.

- Le jour de son enlèvement, la présence de la voiture de Jennifer, la secrétaire de direction de la bâtisse avait été remarquée à proximité du lieu de l'enlèvement.

- En visionnant la caméra du quartier, on voit effectivement John se diriger vers la voiture de Jennifer et monter à bord avec hésitation ; on ne voyait pas distinctement si Jennifer était seule ou accompagnée, la voiture démarra immédiatement.

- L'hypothèse des raisons de son enlèvement serait de lui effacer la mémoire par les techniques qui se pratiquaient déjà à la bâtisse et l'empêcher ainsi de révéler les résultats de ses enquêtes à ses supérieurs hiérarchiques et aux médias.

- Il n'est pas exclu que cet enlèvement soit cautionné par les services du ministère de la Défense pour ne pas être impliqué directement.

– Étant donné l'ampleur de ce scandale, le parlement américain a désigné une commission d'enquête pour élucider cette affaire.

– Par ailleurs, le juge du district local où est située la bâtisse s'apprête à signer une perquisition des locaux pour inspecter les lieux et relever ainsi les preuves de culpabilité de la bâtisse et identifier les responsables.

Ronald a décidé de rencontrer Jennifer concernant l'annulation de son futur contrat pour Tamanrasset comme le lui avait suggéré Tracy.

N'ayant pu la joindre au téléphone, il décida de se rendre directement à la bâtisse pour la rencontrer.

Arrivé devant l'entrée, de grands panneaux indiqués que l'établissement était fermé pour travaux et il ne semblait pas y avoir du personnel à l'intérieur.

Il téléphona alors à Margaret, l'amie de Jennifer, pour avoir de ses nouvelles, mais aussi obtenir des informations sur la fermeture de la bâtisse.

Margaret saisit l'occasion et lui demanda de la rejoindre à son hôtel qui était à une dizaine de kilomètres de la bâtisse.

Margaret tenta de séduire Ronald bien plus que de lui donner les informations pour lesquelles il l'a rejointe.

Ils dînèrent ensemble dans le restaurant de l'hôtel, puis Margaret par ruse, prétextant lui montrer quelque chose d'important, l'invita à monter dans sa chambre.

Bien qu'étant amie avec Tracy, cela ne l'a pas empêché de séduire Ronald jusqu'à ce qu'il succombe à ses désirs.

Margaret fit monter dans la chambre une bouteille de champagne pour, disait-elle, fêter les retrouvailles.

Ronald la questionna à propos de la bâtisse ainsi que la manière de recontacter Jennifer, mais elle lui répondit d'une manière évasive sans lui donner davantage de renseignements sinon que Jennifer avait quitté son travail et qu'elle se trouverait actuellement dans un autre laboratoire de recherche dans la périphérie de Los Angeles.

À force d'insistance, elle lui avoua que la bâtisse sera fermée définitivement dans un mois et que son personnel serait licencié ou muté dans une autre structure, car la bâtisse entend poursuivre ses activités ailleurs.

Profitant de l'effet des quelques coupes de champagne, il tenta sa chance pour connaître plus :

— Margaret, tu dois connaître John ?

— Oui, bien sûr, il était logé, lui et ses compagnons dans mon hôtel, quand il faisait ses enquêtes.

— L'as-tu revue depuis ?

— Oui, une fois ou deux avant qu'il ne reparte à Los Angeles.

— Tu ne l'as pas revu après ?

— Non

— Et Jennifer, comment pourrais-je la contacter ?

— À vrai dire, je l'ai perdu de vue depuis bientôt un mois et son ancien numéro de téléphone ne répond plus.

— Dis donc Ronald, tu ne vas pas la draguer à nouveau après ce qui vient de se passer entre nous ?

— Mais non

— Margaret, que l'on soit bien d'accord, ce qui s'est passé entre nous ce soir n'est qu'une simple aventure pour le plaisir charnel sans plus.

— Ah oui, pourquoi tu es toujours avec Tracy ?

— Mieux que ça, je vais l'épouser

— Épouser cette dévergondée, mais tu mérites bien mieux que ça ?

— Pourquoi dis-tu ça Margaret ?

— Parce qu'elle eut plusieurs aventures avec John justement

– C'est de la pure médisance Margaret, Tracy n'est pas ce genre de fille, je la connais assez pour lui faire confiance.

– Détrompe-toi Ronald, quand je te dis qu'elle te trompe, je ne mens pas

– Tu peux d'ailleurs le demander à Jennifer, si tu arrives à la contacter, elle te le dira aussi.

Ronald reste déconcerté d'autant que le message de Tracy qu'il trouva dans le pense-bête pour contacter John confirme bien cette relation que vient de lui révéler Margaret.

Chapitre XVIII

Un groupe de policiers, compagnons de John lors des enquêtes qu'ils menaient ensemble, décidèrent d'enquêter sur sa disparition.

Bien que cette mission fût hors d'un cadre juridique précis, ils se rendirent d'abord au camp de Slab dwelling situé près de la bâtisse, puis dans le village voisin.

En enquêtant auprès des campeurs, ces derniers leur ont révélé que d'étranges évènements se passaient dans leur camp ; ils affirment entendre des voix et des pas sans voir physiquement personne.

Ces probables créatures traversaient le camp et semblaient venir du côté de l'ancien centre d'entraînement militaire qui jouxte le camp. Certains biens appartenant aux campeurs ont été déplacés ou emportés sans que l'on sache par qui ni comment.

Les policiers se dirigèrent après vers le village et, voulant interpeller un passant, ce dernier partit en courant craignant comme un danger imminent.

Les policiers continuèrent leur chemin pour se rendre au seul hôtel du village, celui de Margaret précisément.

En cette période de l'année, des chambres étaient largement disponibles pour le bonheur de l'hôtelière.

Après s'être installé respectivement chacun dans sa chambre, ils se rendirent au restaurant de l'hôtel, lieu de leur rendez-vous comme prévu.

Un policier, arrivé plus tôt que prévu, discutait avec Margaret qui était derrière le comptoir de l'accueil.

À la fois, séducteur et enquêteur, il finit par gagner la confiance de Margaret et lui posa quelques questions.

– Ça a l'air d'être un village assez calme, vous ne vous ennuyez pas dans ce village exigu ?

– Si un peu, heureusement que je reçois dans mon hôtel, des hôtes assez sympathiques.

– Parfois, je les accompagne dans les villages proches où il y a plus de distraction et de bons restaurants et même des dancings.

Le policier exhibe un large sourire et continue ses questions :

– Il n'y a pas des soucis particuliers dans le village ?

— Oui des chapardages parfois chez les commerçants, que l'on attribue à tort ou à raison aux campeurs de Slab dwelling.

— Et ça a toujours été comme cela ?

— Non, ces vols sont plus récents, les commerçants n'avaient jamais connu de pareil avant.

Le policier continua

— Vous savez, je suis un journaliste des faits divers, pourriez-vous m'indiquer quelques commerces victimes de ces vols ?

— Oui, le supermarché, la boucherie et même le boulanger !

À ce moment arrivent les collègues du policier, il remercia Margaret et les rejoignit.

Après son déjeuner avec ses collègues, le policier, journaliste improvisé, partit au centre du village accompagné de deux collègues afin de contacter les commerçants.

Il visite en premier le supermarché, ses deux autres collègues respectivement la boucherie et la boulangerie.

Munis de la photo de John, ils essayèrent de savoir s'il avait été vu ces derniers temps au village ; la réponse fut négative par les trois commerces.

À la question à propos des vols, les commerçants étaient plus loquaces.

— Écoutez, dit le responsable du supermarché

— Ce sont des vols des plus étranges, nos étalages étaient vidés de leur contenu alors qu'il n'y avait aucune trace d'effraction sur nos portes.

— Encore plus inquiétants, les trois commerces, en voulant fermer leur établissement en fin de journée, se sont aperçus de la disparition de leurs clés.

— Heureusement que chacun d'eux avait un double de clés pour pouvoir fermer et rouvrir leur magasin.

— Tous les habitants du village se sont constitués en milice pour surveiller les commerces.

— Personne n'a remarqué la présence d'individus et les magasins continués à être vidés de leur contenu.

- Suspectant les campeurs, d'autres villageois se sont postés à l'entrée du camp de Slab dwelling et là encore aucune trace des marchandises volées

- Un quasi-délire s'est propagé dans le village et tout un chacun donnait sa version.

- La plus répandue fut celle des extraterrestres invisibles à l'œil nu, qui se sont installés dans le village, version qui engendra une panique générale parmi les villageois.

Les policiers sceptiques se sont concertés pour mettre au point une stratégie pour élucider ce mystère.

Ils décidèrent donc, avec l'accord des villageois, de se poster dans les axes principaux du village et surveiller, à tour de rôle, les allées et venues dans le village.

Et là encore, aucun mouvement n'a été aperçu alors que les commerçants constataient toujours des vols dans leur magasin malgré cette surveillance.

Les policiers avouèrent qu'ils n'avaient jamais été confrontés à une mission aussi mystérieuse.

Ayant eu vent de la perquisition imminente de la bâtisse décidée officiellement par le juge d'instruction, ils rentreront chez eux avec le sentiment d'une mission inachevée quant à la recherche de leur collègue John et les mystères non élucidés qu'ils eurent à affronter dans le village, sans une explication logique, pour la première fois dans leur carrière professionnelle.

Chapitre XIX

Malgré de multiples pressions, le juge du district a ordonné la perquisition de tous les lieux de la bâtisse et ses dépendances.

Il a reçu l'aval de la commission d'enquête du parlement qui a mis à sa disposition d'énormes moyens pour accomplir sa mission.

Des enquêteurs désignés par la commission parlementaire se joindront au juge ainsi que des groupes de policiers à l'exclusion des militaires qui insistaient pour faire partie de l'opération.

Des cars de police blindés, des engins logistiques, des ambulances et des sapeurs-pompiers, le tout accompagné de deux hélicoptères volant à basse altitude au-dessus de la bâtisse.

Les citoyens ne s'attendaient pas à voir une telle armada à la fois rassurante et impressionnante.

Les policiers se sont déployés devant et autour de la bâtisse qui semblait déserte.

Le juge avait convoqué le directeur de la bâtisse pour assister à la perquisition et permettre l'accès à l'établissement, mais malgré l'usage des sonnettes fixées à l'entrée, aucune réponse de l'intérieur du bâtiment n'était parvenue.

Le juge a donc ordonné l'usage de la force pour permettre l'accès.

Immédiatement, les policiers spécialisés pour ce travail se mettaient à l'œuvre ; ils ouvrent les portes et se déploient à l'intérieur de la bâtisse ; au fur et à mesure de leur progression au rez-de-chaussée, les salles de conférences et les bureaux administratifs étaient inoccupés, les équipements étaient intacts à l'exception des ordinateurs de bureaux qui furent probablement débranchés et emportés ainsi que quelques classeurs retirés des armoires.

Le juge et les policiers se dirigèrent vers les autres étages du sous-sol jusqu'aux locaux où étaient entreposés des produits de laboratoire. Le juge demanda aux policiers d'établir une liste détaillée par nom de ces produits et prélever un article de chaque produit pour connaître plus tard à quel usage ils étaient dédiés.

Selon les indications des enquêtes précédentes, c'est à partir de ces locaux que l'on accède aux centres de recherches scientifiques implantés dans les souterrains de la bâtisse.

En tentant d'ouvrir les quatre portes blindées qui étaient munies d'un dispositif de sécurité sophistiqué et un de blindage dans un matériau exceptionnel, l'ouverture n'a pu aboutir malgré les divers moyens mis en œuvre y compris l'usage de la dynamite.

Un des collègues policiers de John, qui avait participé avec lui à la première enquête sur la bâtisse, se souvient que l'ouverture de ces portes se faisait avec des cartes magnétiques qui se trouveraient dans le bureau du directeur ou celui de sa secrétaire Jennifer, mais, après des fouilles dans leur bureau, aucune carte ne fut trouvée. Il disait aussi que le cabinet d'investigations à l'origine de la première enquête avait réussi à dupliquer des cartes électroniques, mais est-ce que les codes n'ont pas été modifiés entre-temps et le cabinet acceptera-t-il de nous les fournir.

Sans pouvoir accéder au souterrain de la bâtisse, le juge a ordonné la suspension provisoire de la perquisition. Il signe un mandat d'emmené manu militari du directeur de l'établissement et sa secrétaire et le faxe au commissaire de Los Angeles ; il téléphona ensuite au commissaire pour lui demander d'exécuter le mandat en urgence et leur exiger la remise des cartes magnétiques pour l'ouverture des portes blindées.

Au moment même où les policiers et le juge s'apprêtaient à repartir, le directeur, sorti de nulle part, apparaît accompagné de trois hommes.

Cette apparition inattendue et surtout mystérieuse, car les policiers avaient fouillé de fond en comble la bâtisse et il n'y avait aucune trace d'hommes à l'intérieur.

Le directeur se fait appeler et rejoint le juge.

- Vous êtes le directeur de l'établissement, lui demanda le juge

- Oui répondit le directeur

- Monsieur le Juge, j'ai bien reçu votre convocation pour la perquisition, mais j'arrive un peu en retard.

- Effectivement répondit le juge, mais étiez-vous à l'intérieur de la bâtisse avec ces trois hommes ?

- Oui, Monsieur le Juge

- Pourtant, répliqua le juge, les policiers avaient inspecté la bâtisse et ils n'ont trouvé personne !

- Je ne sais pas pourquoi Monsieur le Juge, mais nous étions bel et bien à l'intérieur.

Le juge, intrigué par cette affirmation, fait signe au commandant de la police de le rejoindre.

Le commandant confirme que les policiers avaient fouillé avec minutie les locaux, il n'y avait aucune trace de ces hommes.

Le juge continue d'interroger le directeur

- Y'a-t-il une autre entrée à la bâtisse que l'entrée principale ?

- Non, c'est la seule et unique entrée.

- Vous le confirmez ?

- Oui

Vous étiez donc dans les locaux des centres de recherche situés dans les souterrains de la bâtisse ?

- Je n'ai pas connaissance de l'existence de souterrains dans la bâtisse, répondit le directeur.

- Mais alors, où mènent les portes blindées du quatrième sous-sol ?

- Des portes blindées, quelles portes blindées ?

Le juge est dérouté par les réponses du directeur.

Le juge prévient le directeur qu'il faisait de la rétention d'informations susceptible de poursuite pénale contre lui, mais le directeur persista dans ses réponses.

– Vous maintenez vos réponses, rétorqua le juge

– Monsieur le Juge, je jure d'avoir dit que la vérité !

– Bien, nous allons donc descendre ensemble pour voir de visu l'existence de ces portes blindées.

– Cependant, je vous mettrais en garde à vue pour obstruction d'informations à l'égard de l'autorité judiciaire.

Le juge accompagné du directeur et un groupe de policiers redescendent donc au quatrième sous-sol où étaient situées les fameuses portes blindées.

Étonnamment, les portes qui étaient visibles il y a à peine une demi-heure ont disparu

Les portes disparues, évaporées par je ne sais quel miracle et leur emplacement remplacé par un mur continu identique au reste du local.

Un non-sens tel que le juge demanda la destruction du mur pour voir si elles ne furent pas simplement cachées.

Au fur et à mesure que les travaux de destruction du mur avançaient, le juge et les policiers ne voient toujours pas les portes blindées que l'on estimait être camouflées derrière le mur.

À l'évidence, les portes blindées n'existent plus au grand étonnement de ceux qui les avaient vus auparavant

Le juge s'adressa à nouveau au directeur de la bâtisse pour lui expliquer l'origine de ce phénomène.

- Comment expliquez-vous l'origine de cette disparition ?

- Je vous l'ai bien dit, Monsieur le Juge, il n'y avait pas des portes blindées à cet endroit.

- Cette disparition des portes, ne serait-elle pas liée aux pratiques de l'invisibilité mise au point par les centres de recherches scientifiques situés au-dessous de la bâtisse ?

- Les enquêtes précédentes ont bien révélé des recherches imminentes en matière de l'invisibilité, qu'en pensez-vous ?

Le directeur, semblant étonner de ce que lui disait le juge, répondit

- Comme je vous l'ai dit, Monsieur le Juge, il n'existe pas des centres de recherches dans la bâtisse.

Le juge, confronté pour la première fois à une telle intrigue, ordonna l'arrêt du directeur qui fut menotté immédiatement par les policiers et emmené à l'intérieur d'un véhicule cellulaire grillagé sous la garde de quatre policiers. Il signera aussi un mandat d'amener de Jennifer, la secrétaire du directeur de la bâtisse afin de l'interroger.

Chapitre XX

Au centre de recherche de Tamanrasset en Algérie, Tracy s'apprête à retourner à Los Angeles au titre de son congé trimestriel.

Tracy est complètement découragée par les travaux de recherches qu'elle découvre au cours de son travail et surtout des expériences qui sont réalisés sur des humains. Elle attend avec impatience la fin de son contrat dans trois mois.

Elle fit la connaissance de Kamel, un chercheur algérien, ami de sa cousine Samira. Tracy n'est pas indifférente à son charme et son humour qu'elle découvre chaque fois qu'elle le rencontre seule ou accompagnée de sa cousine. Seul l'engagement moral de son futur mariage avec Ronald la retenait pour ne pas succomber.

Tracy la biologiste et Kamel le neuroscientifique, bien que tenu au secret professionnel, échangent souvent, en toute confiance, sur les travaux horrifiants qui s'effectuent dans leur département de recherches et auxquels ils participent indirectement.

C'est d'ailleurs Kamel qui accompagnera Tracy à l'aéroport pour son départ à Los Angeles et il ne s'est pas retenu de lui dire qu'il avait plus que de l'amitié pour elle.

Tracy est arrivée enfin après un périple de huit heures d'avion et de transit.

Ce sont ses parents qui viennent la chercher à l'aéroport alors que c'est Ronald, qui devait venir l'accueillir en premier.

Déçue de ce manque de considération de la part de Ronald, elle questionna sa mère à son propos.

–	Ronald n'est pas à Los Angeles ?

–	Pourquoi n'est-il pas venu me chercher ?

Maman lui répliqua avec un ton modéré :

–	Il a eu probablement un empêchement important.

–	Il est à la recherche d'un nouveau travail en ce moment et il se déplace beaucoup pour ses rendez-vous.

–	Depuis quand n'est-il pas venu vous rendre visite ?

–	Depuis un moment déjà.

–	Et chez ses parents aussi ?

–	À vrai dire, je ne sais pas, sa mère ne m'a rien dit à son sujet.

Tracy décontenancée

— Il n'est pas retombé malade, j'espère ?

— Pas à notre connaissance non.

Tracy ira en premier chez ses parents et, avant même l'ouverture de la porte, d'intenses aboiements se font entendre.

C'est le chien qui a reniflé la présence de sa maîtresse et lui réserva un accueil des plus énergiques.

Le père, comme pour décrisper l'atmosphère, s'apprêtait à questionner sa fille dès qu'ils se sont installés dans le salon.

Mais la mère l'a précédé :

— Ma fille, je meurs d'envie de savoir le secret que vous nous cachez toi et Ronald ?

— Ronald, à son retour d'Algérie, était évasif sur votre projet.

— Maman, tu ne peux donc pas patienter, que nous soyons tous réunis ?

— En fait, il y a deux projets entre Ronald et moi

— Le premier était que Ronald me rejoigne à Tamanrasset pour y travailler.

– Je lui ai sincèrement déconseillé de signer son contrat d'embauche pour des raisons que je vous expliquerais plus tard.

– Le deuxième projet est celui qui te fera probablement le plus de plaisir, mais dois-je te le révéler sans la présence de Ronald ?

– Tant pis pour lui, dis-moi tout, ma fille ?

– Je te le dirais, mais seulement à l'oreille

La mère prend sa fille par le bras et l'emmène vers la cuisine, leur lieu de prédilection pour les confidences.

– Maman, Ronald m'a demandé en mariage.

– La cousine Samira et lui avaient organisé un évènement grandiose pour la demande de mariage chez une tribu touareg de la région.

– Figure-toi qu'un chef de la tribu touareg nous a marié selon leur tradition des Touaregs.

– Et la dot que doit me verser Ronald a été évaluée à deux moutons ou un dromadaire.

– Tu te rends compte de ça Maman, je ne vaux que le prix de deux moutons ou un dromadaire !

La mère et la fille se tordaient de rire à tel point que le père, intrigué, les rejoignit immédiatement :

– Qu'est-ce que vous êtes en train de chuchoter à mon détriment ?

– Allez, passer aux aveux !

– Rassure-toi, ce n'est pas sur toi que l'on rit, mais je ne te le dirais pas non plus.

– Tracy, tu fais de l'ostracisme contre moi, ton père ?

– Mais non papa, c'est simplement une affaire entre femmes

– Bravo pour l'égalité des sexes, rétorqua le père en esquissant un sourire.

Ils regagnèrent tous les trois le salon.

À peine assis, le père enchaîne :

– Alors, ma fille, raconte-nous un peu ton séjour professionnel là-bas **?**

– À vrai dire, j'attends impatiemment la fin de mon contrat.

– Dans ces centres de recherches, les résultats en biologie et en neurosciences sont exécrables et sont menés sans la moindre éthique.

– En fait, ce sont des centres de recherches exclusivement à vocation militaire où tout est permis comme dans une zone de non-droit.

– Ils avaient fait venir des chercheurs de la bâtisse de Californie, visiblement plus coutumiers des expériences qui consiste à extraire le contenu du cerveau humain, neurone par neurone, les sauvegarder sur un support informatique avec des algorithmes mathématiques couplés à des ordinateurs, des scanners et autres matériels d'imagerie, puis programmer à nouveau les neurones du patient en introduisant de nouvelles données pour remplacer dans sa mémoire, ses opinions, ses convictions politiques ou religieuses, ses engagements pour une cause civile ou guerrière, effacer ses souvenirs et même lui faire accomplir des actions à distance comme un pantin.

– Les chercheurs, particulièrement les Algériens, s'offusquaient du fait qu'au lieu d'utiliser des expériences sur des rats de laboratoires, dans ce centre, celles-ci étaient faites directement sur des patients humains prétendument des terroristes capturés dans la région, mais le nombre de cobayes laisse à supposer qu'il y ait aussi des habitants de la région qui les ont attiré moyennant de substantielles sommes d'argent.

– C'est en raison de ces pratiques d'ailleurs que l'état algérien avait renoncé à prolonger le contrat, mais les Américains disposent déjà de camps militaires dans les pays du sahel voisins où ils transfèreront probablement leurs centres de recherches.

– Le pire, quelques chercheurs, soucieux de leur éthique, furent démis de leur poste de recherche, puis internés un moment dans les locaux du centre pour sortir après, dans un état qui inquiétait leurs autres collègues.

– En effet, quand des collègues les questionnaient, aucun d'eux n'avait souvenir de ce qu'il pratiquait auparavant, dans son laboratoire. Ils avaient visiblement subi l'effacement de la mémoire ou la reprogrammation de leur cerveau, une technique dont ils avaient eux-mêmes participé à sa conception.

– Pour ne pas subir les mêmes persécutions que leurs confrères, les chercheurs ont créé une association de défense ; ils se réunissaient discrètement à l'extérieur, décrivait chacun à son tour, les travaux qu'ils réalisaient dans le centre de recherche et en firent un résumé alarmant.

– Les recherches et les expériences en biologie et en neurosciences n'étaient pas les seules développées dans ces laboratoires, il y avait un autre laboratoire qui manipulait des méta matériaux, rendant un être humain invisible, les objets qu'il porte ou qu'il transporte, rendre d'autres objets invisibles comme des chars ou des soldats en opération sur un terrain de combat.

– Une autre technique qui a failli décimer toute une peuplade à proximité du centre, c'était la mise au point d'un virus paralysant qui, diffusé sur un lieu précis, rendait tout être vivant inerte.

– Une autre version de ce même virus plus sévère pouvait tuer des êtres vivants en propageant simplement les particules du virus dans une zone délimitée

- Ces techniques ont été expérimentées en temps réel par les armées avec succès pour éradiquer, disaient-ils, les terroristes de la région.

- À cela, j'ajoute une autre technique permettant de doter l'humain de capacités physiques et intellectuelles hors norme, elle a été utilisée pour accroître les capacités physiques et intellectuelles des soldats lors de leurs opérations militaires dans la région.

- Pour ne pas être taxés de complicité, les chercheurs envisagent de prendre contact avec les médias et les autorités judiciaires américains pour révéler ces pratiques de l'armée.

Le père écoutait avec la plus haute attention ce que disait sa fille puis il l'interrompt.

- Ce que tu viens de me décrire est exactement ce dont est soupçonnée la bâtisse qui suscite en ce moment un tollé médiatique notamment, une enquête sous l'égide d'un juge d'instruction pour établir les preuves de culpabilité des responsables.

– Justement, aux dires de mes collègues, un grand nombre de chercheurs et de matériels de la bâtisse avaient été transférés ces derniers mois à Tamanrasset.

– Pas étonnant, répondit le père.

– La bâtisse fait l'objet d'une enquête judiciaire par un juge d'instruction incorruptible.

– Il serait peut-être utile que les chercheurs de Tamanrasset prennent contact avec ce juge pour lui apporter leur concours.

– Ma fille, fais-tu partie de cette association de défense des chercheurs de Tamanrasset ?

– Pas vraiment, mais je connais le président de cette association, Kamel, un chercheur algérien ami de la cousine Samira.

– Je lui en parlerai dès mon retour.

– D'accord ma fille, je te communiquerais prochainement les coordonnées du juge d'instruction.

Depuis le retour Tracy de Tamanrasset et pendant toute la durée de son séjour à Los Angeles, Ronald n'a pas donné signe de vie.

La mère semblait mal à l'aise chaque fois que sa fille lui posait une question à propos de Ronald ; elle affichait la même tête que le jour où elle lui annonçait sa maladie.

Après moult questions, elle finit par lui avouer que Ronald avait rechuté et que sa maladie bipolaire s'avérait incurable.

Tracy était désespérée d'apprendre cette nouvelle, surtout après la demande en mariage de son fiancé.

Sa mère l'était autant et pour la première fois, elle encouragea sa fille à envisager sa vie sans Ronald.

Alors qu'elle s'apprêtait à embarquer, Tracy reçut un appel téléphonique de Ronald ; il s'exprimait avec une incohérence telle qu'elle n'avait compris que vaguement ce qu'il voulait lui dire. Il parlait confusément d'infidélité, de John et de Margaret avec une indécence qu'elle ne lui connaissait pas.

Une raison de plus qui la détermina à rompre définitivement avec lui.

Quelques heures plus tard, elle arrivait à Tamanrasset ; c'est sa cousine accompagnée de Kamel, son nouveau courtisant, qui est venue la chercher.

En cours de trajet, elle expliqua ostensiblement à sa cousine sa rupture avec Ronald et, concomitamment, comme pour le faire entendre à Kamel, qu'elle était dorénavant libre.

Chapitre XXI

Le juge d'instruction a considérablement avancé dans sa perquisition avec l'aide des chercheurs éthiques qui exerçaient leurs travaux dans la bâtisse, rejoints par ceux du centre de recherches de Tamanrasset.

Leur concours a été déterminant pour accéder aux laboratoires de recherches situés sous la bâtisse.

Les quatre portes blindées d'accès au souterrain, qui étaient invisibles à l'œil nu lors de la première tentative de perquisition, ont été rendues visibles et déverrouillées.

Une fois à l'intérieur de l'immense souterrain, les chercheurs dirigeaient le juge successivement vers les laboratoires où se déroulaient les expériences.

Dans tous les laboratoires visités l'un après l'autre, l'essentiel du matériel de recherche équipant les centres avait été démonté et emporté.

Seuls restaient de vastes espaces aux murs capitonnés, des chambres équipées de lits reliés à des appareils de mesure et une nurserie ou l'on pratiquait des expériences sur des enfants.

Un peu plus loin, deux fausses communes servaient probablement à l'enfouissement des déchets des laboratoires. Cependant, après le prélèvement et l'analyse des poussières de ces dernières, il s'agirait des restes de corps humains pulvérisés par un produit chimique.

Il y avait également une ouverture communiquant avec les anciens laboratoires du camp militaire jouxtant la bâtisse.

En pénétrant à l'intérieur de cet immense camp, plusieurs chambres ressemblant à des cellules étaient alignées, portes ouvertes, mais inoccupées.

On remarque également une issue de sortie communiquant avec le camp de Slab dwelling d'où furent enlevés des campeurs pour servir de cobayes dans la bâtisse.

On entendit subitement des bruits émanant de ces cellules alors que l'on ne voyait personne.

Un des chercheurs affirma au juge que les cellules étaient bien occupées par des cobayes rendus invisibles.

On utilisa un appareil qui diffuse des faisceaux ultraviolets et infrarouges, c'est alors qu'apparaissent deux hommes et une femme tenant à leur main une espèce de gourdin pour se défendre.

C'est probablement ces cobayes qui allaient s'approvisionner dans les magasins du village voisin sans être visibles.

Un autre chercheur en neurosciences affirme que ces cobayes, enlevés probablement du camp de Slab dwelling, auraient subi, en plus de l'état d'invisibilité, une reprogrammation de leurs neurones pour accomplir des tâches spécifiques.

Chez d'autres cobayes, on leur avait implanté des micros puce dans leur boîte crânienne, reliés à un centre informatique, ils exécutaient des actions à distance sur ordre du centre de commandement.

La pire expérience était celle en biologie, des chercheurs militaires avaient mis au point un virus tueur. Il a été testé sur deux cobayes à l'intérieur de la bâtisse. Par instinct de survie, ces deux cobayes réussirent à s'enfuir en empruntant l'issue qui communique avec le camp de Slab dwelling.

Une fois rentré chez eux, le virus s'est propagé parmi les résidents du camp, on déplorait trois morts dans une courte période

Des équipes sanitaires de l'armée se sont dépêchées dans le camp prétendument pour ausculter les campeurs et leur inoculer un antivirus, ils ont par la même emporté les trois cadavres pour dissimuler le type de virus.

En réalité, les militaires sont intervenus pour éviter ainsi que le virus n'atteigne les habitants de la région, d'autant que l'on déplore trois décès en si peu de temps.

Ce camp où résidaient environ mille campeurs laissés pour compte, désargentés et sans attache familiale, était un vivier idéal pour les expériences faites dans la bâtisse ; au lieu des rats de laboratoires, les expériences ici s'exerçaient sur des humains.

Une autre façon de se procurer des cobayes, c'était des mamans et leurs nouveau-nés. Choisies parmi des femmes enceintes désespérées de la région, elles sont attirées dans les messes sataniques, qui se déroulaient dans la bâtisse, avec la promesse de résoudre leur problème.

Elles sont ensuite dirigées dans les laboratoires pour pratiquer des expériences immondes sur elles-mêmes et sur les nouveau-nés après l'accouchement.

L'auteur :

Sous le pseudo de Massine TACIR ou sous son propre nom, **Med Kamel YAHIAOUI**, Écrivain, Essayiste et Éditorialiste indépendant nous révèle sa passion d'auteur éclectique avec les œuvres suivantes :

- **Maximes et Réflexions contemporaines** (essai) Une vision lucide sur le terrorisme, la laïcité, Internet, la sexualité, la drogue et pas moins de 500 maximes et citations dans ce pur style littéraire.

- **Le petit fellagha**, un roman narratif pendant la guerre d'Algérie ou s'entremêlent, l'amour, l'amitié, mais aussi la haine et les drames d'une guerre incomprise et dont les séquelles perdurent jusqu'à nos jours.

- **Que se passe-t-il à Tobicor ?** un roman de fiction ou dieu et la science se défient dans des lieux intrigants du désert de Californie jusqu'au Sahara Algérien.

- **Berbères et Arabes, l'histoire controversée**, l'histoire tronquée des peuples d'Afrique du Nord, à l'apogée de ses célèbres rois et dynasties ainsi que controverse identitaire.

- **Madeleine et l'Indigène**, roman d'un amour indéfectible entre Madeleine la pied-noir et Caramel l'Indigène.